D1383111

ÉCOLE DEGRASSI

Sortie côté jardin

William Pasnak

Traduit de l'anglais par
JEANNE OLIVIER

Héritage jeunesse

Données de catalogage avant publication (Canada)

Pasnak, William, 1949-

[Exit stage left. Français]

Sortie côté jardin

(Degrassi).
Traduction de: Exit stage left.
Pour adolescents de 12 à 15 ans.

ISBN 2-7625-6451-4

I. Titre. II. Titre: Exit stage left. Français.
III. Collection: Degrassi. Français.

PS8581.A86E9414 1990 jC813'.54 C90-096075-2
PS9581.A86E9414 1990
PZ23.P37So 1990

Cette traduction a été possible grâce à une subvention du Conseil des Arts du Canada.

Dépôts légaux : 1er trimestre 1990
Bibliothèque nationale du Québec
Bibliothèque nationale du Canada

ISBN : 2-7625-6451-4 Imprimé au Canada

Photo de la couverture : Frank Grant

LES ÉDITIONS HÉRITAGE INC.
300, Arran, Saint-Lambert, Québec J4R 1K5
(514) 875-0327

C'est autre chose et c'est tant mieux.

Ce livre est basé sur les personnages et le scénario de la série télévisée «Degrassi Junior High». Cette série a été créée par Linda Schuyler et Kit Hood pour «Playing With Time Inc.», sous la supervision de Yan Moore, auteur.

N'oublie pas de regarder l'émission Degrassi à Radio-Québec ainsi qu'à TV Ontario.

CHAPITRE 1

Comme chaque matin, c'était la course contre la montre pour Lorraine. Sa casquette de garagiste posée à la diable sur ses cheveux en broussaille, l'adolescente se hâta d'enfiler son manteau. D'un geste prompt, elle ouvrit ensuite la porte de la maison et se retrouva dans le garage paternel. Ce n'est pas qu'elle adorât particulièrement l'école. Mais elle avait promis à son père de faire des efforts, côté ponctualité. «Tu sais, ma petite fille, lui avait-il dit, l'exactitude est la politesse des rois.»

Aussi, devait-elle se dépêcher, en ce premier jour scolaire de janvier, afin d'honorer sa résolution du Nouvel An. Elle allait traverser le garage en coup de vent quand, tout à coup, elle aperçut son père, debout près du vieux téléphone mural. Il avait revêtu son habit du dimanche au lieu de ses vêtements de travail habituels.

Depuis que Frank Delacorte avait été hospitalisé à cause d'une défaillance cardiaque, quelques mois plus tôt, Lorraine était sur le qui-vive et notait avec soin des petites différences telles que celle-ci. Ces petites différences, en effet, pouvaient s'avérer un signal d'alarme. Or, Lorraine ne pouvait s'empêcher de penser qu'un désastre était imminent.

Déjà, toute petite, la grande faucheuse qu'est la mort lui avait enlevé sa mère. Aussi, maintenant, ne voulait-elle pas perdre son père qu'elle aimait de tout son coeur même si, à l'occasion, elle le trouvait sévère.

— ...urgent que je vous en parle. Puis-je vous rencontrer ce matin?

Ces mots firent frissonner Lorraine qui sentit les petits cheveux de sa nuque se dresser d'anxiété. Son sang se glaça dans ses veines. Son père prenait un rendez-vous! Or, les seuls rendez-vous auxquels il se rendait, en dehors de ceux auxquels ses fonctions de garagiste l'obligeaient, avaient été, jusqu'à maintenant, des rendez-vous médicaux.

Elle aurait bien voulu écouter le reste de la conversation, mais son père lui signifia, d'un mouvement de sourcil et d'un geste sans équivoque de la main, de partir pour l'école.

À contre-coeur, Lorraine ouvrit la porte et posa le pied sur le ciment glacé. Tout au long du trajet entre chez elle et l'école, l'image de son père vêtu d'un habit neuf hanta son esprit.

Eut-elle été moins absorbée par ses pensées, elle n'aurait pas manqué d'apercevoir la mince silhouette de Stéphanie Kaye, un petit coin de rue plus loin, trottinant frileusement, elle aussi, vers la polyvalente.

C'était un petit matin maussade, humide et froid. De gros nuages roulaient dans le ciel une ouate grisâtre qu'on eut dit parsemée de limaille de fer. De temps à autre, timide, un petit flocon s'en échappait et tombait à regret sur la cité gelée qui semblait gémir sous la morsure du nordet.

Cette température, songea Stéphanie, reflétait exactement son propre état d'âme.

— Salut, Steph!, dit Lucie en accostant Stéphanie aux abords de l'édifice de brique rouge qui abritait les classes de l'école Degrassi. As-tu passé un beau Noël?

Le veston rose fluorescent que portait la brune adolescente lui seyait à merveille et rehaussait ses traits réguliers et son teint basané.

En la regardant, Stéphanie se prit à regretter la fade pâleur de son propre teint et de ses cheveux couleur de foin séché. Elle n'avait plus l'impression d'être blonde mais d'être une fille moche, terne et sans éclat.

— Oui, super, marmonna-t-elle sans enthousiasme. Et toi?

— Sensationnel, s'exclama Lucie. Mon père et ma mère ont passé trois jours entiers à la maison!

Nous avions même planifié une journée de ski, mais ma mère a dû retourner au bureau. Cependant, attends de voir les beaux vêtements que j'ai eus. Et toi?

— Moi? Euh... Des cassettes et des gadgets.

— Fantastique! Nous les échangerons, un bon jour. Mon père m'a acheté la dernière cassette de Bérurier Noir, de Belgique. Ah! Ils sont super bons. C'est de la dynamite, du tonnerre! Et ça vibre d'une façon incroyable.

L'école, à l'intérieur, bourdonnait du tapage coutumier des portes métalliques des casiers et du babillage matinal des étudiants.

Comme d'habitude, Stéphanie s'en fut aux labavos et se campa devant le miroir. L'image de la jeune fille ordinaire qu'elle y vit la consterna. Mais aujourd'hui, contrairement aux semaines précédant les vacances de Noël, son fourre-tout ne contenait aucun des artifices magiques qu'elle utilisait avant pour se métamorphoser en nymphette aguichante. Aucun cosmétique, aucun bijou, aucun vêtement ajusté tel qu'un jean extra-serré ou un bustier sans manches ni bretelles, laissant ses épaules rondes à découvert, n'y voisinait avec ses livres de classe.

Ce jour marquait non seulement le début d'un nouveau trimestre mais aussi la naissance d'une nouvelle Stéphanie. En soupirant, cette dernière se demanda pendant combien de temps elle pourrait tenir le coup.

Pendant que Stéphanie longeait le corridor menant à sa classe, Joey Jeremiah l'observait de loin. Il avait peine à reconnaître cette étudiante sobrement vêtue d'une chemisette à manches longues et d'une simple jupe qui lui battait les mollets.

De son propre aveu, Joey était le meneur de la classe. Nul d'ailleurs ne songeait à le contester à cause de sa faconde, de ses réparties spirituelles, de sa façon de s'habiller et de son intelligence. Ce jour-là, par exemple, il portait son chapeau de paille favori et une chemise blanche où toute une plantation de palmiers vert lime était dessinée. Il avait accroché, à l'extérieur de la poche de cette chemise aux accents tropicaux, une paire de lunettes de soleil.

Or donc, Joey suivait Stéphanie du regard. Depuis le début de l'année, c'était la première fois qu'il la voyait habillée de façon aussi discrète. Il ne savait trop qu'en penser. Il n'était d'ailleurs plus certain de ses sentiments envers elle depuis qu'elle l'avait, pour ainsi dire, utilisé dans le but de rendre son ami Louis jaloux. La blessure cuisante qu'elle lui avait alors infligée n'était pas encore cicatrisée.

Ce matin-là, il avait blindé son coeur pour résister aux charmes flamboyants de la jolie Stéphanie et avait résolu de garder ses distances.

À moins, bien entendu, qu'elle ne lui fasse des avances. Mais, pour l'instant, il voulait plutôt regarder autour de lui. Lucie, par exemple, dont les parents la laissaient organiser des parties même en leur absence. Si Lucie devenait son amie de coeur, cela contribuerait sûrement à rehausser son statut social...

Dans la salle des cases, Arthur alla rejoindre Yick qui, accroupi devant sa case, semblait chercher quelque chose parmi l'amoncellement d'objets hétéroclites qui y étaient entassés. Les deux garçons étaient en septième année, dans la classe de mademoiselle Avery. Yick était petit, mince, nerveux et chinois. Quoique rondouillet, Arthur était plus grand et son minois aux traits encore enfantins était couronné de boucles blondes. Il était, dans le plus grand secret, le frère de Stéphanie. Mais elle lui avait expressément défendu d'en souffler mot à âme qui vive sous peine d'éradication instantanée.

Étant elle-même en huitième année, elle trouvait préférable de renier cette parenté gênante avec un jeunot de septième. La chose lui était facilité par le divorce de ses parents. Elle demeurait avec sa mère, dont elle portait le nom de famille, tandis qu'Arthur habitait avec son père qui, lui, s'appelait monsieur Kobalski.

— Salut, Yick. Bonne année, vieille branche!

Le jeune Chinois leva vers son ami sa petite frimousse aux yeux en amande.

— Ah! Bonne année à toi aussi, fit-il.

— Qu'est-ce que Noël t'a apporté de bon?

— Des pétards à mèche, répondit Yick, qui

avait entrepris un corps-à-corps éperdu avec la porte métallique de sa case dans l'espoir de la refermer.

— Des pétards à mèche? s'exclama Arthur, incrédule. Pour Noël? Je n'ai encore jamais entendu ça.

Yick refoula à coups de pied le tas d'objets qui menaçait de débouler sur le plancher et réussit à refermer la porte récalcitrante.

— Ouais. Tu sais, nous ne célébrons pas Noël comme vous. Mais mon grand-père m'a donné ces pétards pour le jour de l'An.

— Hein? Vous faites éclater des pétards au jour de l'An?

— Bien oui. Mais pas le premier janvier. Nous célébrons notre jour de l'An en février.

— Et qu'as-tu fait pendant tes vacances?

— Oh! J'ai flâné, joué au Nintendo, regardé la télé et mangé une tonne de nourriture.

— Même chose pour moi, dit Arthur.

— Bonjour tout le monde! Mademoiselle Avery était souriante de bonheur. J'espère que vous avez passé de belles fêtes et que vous êtes en forme car j'ai une grande nouvelle à vous annoncer.

Elle s'interrompit pour juger de l'effet de ses paroles qui ne manquèrent pas d'éveiller la curiosité sur les jeunes visages des élèves de septième année dont elle avait la charge. Les yeux pétillants, elle reprit :

— Toute l'école sera impliquée dans un grand projet collectif. En effet, nous avons pensé monter une super pièce de théâtre.

Des murmures d'approbation accueillirent cette déclaration. Arthur leva la main pour demander la parole.

— Oui, Arthur?

— Vous voulez dire une vraie pièce de théâtre? Sur une vraie scène?

— Oui, jeune homme. Une vraie de vraie. Nous donnerons quatre représentations dans l'auditorium. Et c'est vous tous, les étudiants, qui vous occuperez des décors, des costumes, de l'éclairage, de la vente des billets et, bien entendu, de tous les rôles de la pièce. Nous comptons sur la participation de tout le monde pour mener à bien ce projet, car cela demande énormément de travail. Tous les talents seront mis à contribution. Nous aurons même besoin de placiers, de vendeurs de pop-corn, de préposés au vestiaire; bref, chacun d'entre vous peut s'impliquer si le coeur lui en dit, car toutes les tâches sont importantes pour la réussite de l'ensemble du projet.

Pendant ce temps, monsieur Racine, titulaire de la classe de huitième année, tenait les mêmes propos à ses élèves.

— Je vous ferai remarquer, ajouta-t-il, que nous avons décidé d'allouer, à ceux qui participeront à la pièce de quelque façon que ce soit, 20% du total des notes de ce trimestre. Je recommande donc à ceux dont le pourcentage chevauche dangereusement la frontière fatale du 60% d'y songer sérieusement.

CHAPITRE 2

Inutile alors de dire que le reste de la matinée s'écoula, pour les étudiants de l'école secondaire Degrassi, dans un beau rêve théâtral. Après le premier cours, dans le brouhaha causé par les élèves qui changent de classe, Joey Jeremiah déclara sans ambages :

— Louis, mon ami, tu as devant toi le meilleur comédien de cette école. Le numéro un en personne de notre future production théâtrale... La super révélation de l'année du show-business étudiant!

— Vas-tu passer une audition?

L'adolescent aux cheveux couleur de sable blond et aux manières affables avait compris depuis belle lurette que la meilleure façon de réagir aux lubies de Joey était de le laisser parler, comme on laisse les petits moineaux pépier tout leur soûl quand se lève le jour.

— Il le faut bien. J'incarne leur seule chance de salut. Sans moi, ils sont fichus! Et toi, vas-tu y aller?

Louis eut un haussement d'épaules.

— Humph. Ouais. J'ai le goût de m'essayer. Et toi, Anguille, est-ce que ça te tente?

Le dénommé Anguille avait le physique de l'emploi, comme on dit. Plus grand que la moyenne, il était mince comme un fil et avait une façon «reptilienne» de fixer ses interlocuteurs de ses petits yeux brillants. Pour l'instant, il déclina l'offre.

— Je ne pense pas. Je vais plutôt donner un coup de main pour l'éclairage ou pour le son.

Les yeux de Joey se mirent soudain à briller de plaisir.

— Anguille, tu es un génie! Oui! Il faut absolument que la pièce soit une pièce musicale.

— Tu veux dire, heu... quelque chose comme *la Mélodie du bonheur*?

— Ben non, cervelle d'oiseau. Quelque chose comme *Starmania*. Un opéra rock, voyons. Bon, si c'est ça, nous aurons besoin d'un orchestre.

Louis approuva d'un signe de tête.

— Hé! Voilà notre chance!

Le geste large et la voix emphatique, Joey déclara :

— Oyez! Oyez! Vous assisterez très bientôt à la première de l'opéra rock de l'an 2000, une production Degrassi mettant en vedette nul autre que le célèbre JJ, accompagné de son orchestre prodigieux : les Zits enragés. Les cassettes et les albums seront disponibles dans le hall d'entrée.

— Doucement, Joey. Il faudrait d'abord pratiquer sérieusement. Et puis, nous ne savons même pas encore si les Zits enragés sera le nom officiel de notre orchestre, remarqua Louis.

— Anguille et sa musique électrique. Ça, au moins, ce serait un nom choc, intervint Anguille.

À cet instant précis, Érica, Estelle et Stéphanie apparurent dans le corridor où ce débat avait lieu.

— Salut les gars, dirent-elles en choeur.

Instantanément, la discussion concernant le nom de leur orchestre fut remis à plus tard.

— Salut les filles, répondirent-ils d'une seule voix.

Anguille interpella Stéphanie.

— Hé, Steph! As-tu l'intention d'auditionner pour la pièce?

La jolie blonde lui décocha un sourire ensorceleur.

— Naturellement, voyons!

Cette pièce, pour Stéphanie, était une bénédiction céleste. Un cadeau des dieux. Elle qui voulait changer, la voie lui était soudain toute tracée par la main du destin. Elle deviendrait tout simplement actrice. Voilà! Le tour était joué. Déjà, elle s'imaginait dans la peau d'une comédienne renommée. Insaisissable, timide et effacée derrière ses verres fumés et son chapeau à large bord durant le jour, elle tiendrait chaque soir une foule d'admirateurs suspendus à ses lèvres par ses performances dignes de la grande tragédienne Sarah Bernhardt... Tendant d'un geste gracieux ses longs doigts satinés vers les feux de la rampe, elle entendait les murmures d'admiration des spectateurs éblouis... Elle penchait la tête... Une larme roulait le long de sa joue rose... Le rideau tombait et la salle menaçait de s'écrouler sous des applaudissements fournis...

Tous cependant n'étaient pas atteints de cette fièvre qui faisait bouillonner l'imagination fertile des comédiens en herbe. Ainsi, Lorraine était beaucoup trop préoccupée par le drame qui, croyait-elle, se déroulait au garage paternel, pour se soucier d'un spectacle d'amateurs sans importance.

Elle songea bien à faire l'école buissonnière mais, à la vérité, la peur lui étreignait le coeur. Elle avait une crainte insensée, incontrôlable de trouver la maison vide, en arrivant chez elle, parce que son père aurait été transporté d'urgence à l'hôpital. Déjà, elle avait vécu l'affreuse expérience. Aussi ne se décidait-elle pas à quitter l'école. Elle resta donc clouée à son siège, la mine triste et l'esprit dans les nuages. Comme un robot, elle réussit à se lever et à changer de classe, parce que les autres le faisaient.

Après le cours, elle se rendit au secrétariat.

— Allô, Lorraine. Que puis-je faire pour toi? s'enquit madame Doris, secrétaire de l'école.

— Puis-je utiliser votre téléphone, s'il vous plaît? Je voudrais appeler chez moi.

— Vas-y, ma chouette.

Lorraine déposa ses livres sur le comptoir et composa son numéro. Un coup. Deux coups. Trois coups. Dans sa poitrine, son coeur, lui aussi, battait à grands coups. Au quatrième coup, Jeff, l'adjoint de son père, répondit :

— Garage Delacorte...

Soudain, Lorraine se trouva dans l'impossibilité d'articuler un seul mot. Une vive émotion lui nouait la gorge.

— Allô? Garage Delacorte, puis-je vous aider? reprit la voix de Jeff.

Elle avait espéré que son père réponde; le simple son de sa voix l'aurait rassurée. Hélas! À l'autre bout du fil, un étranger avait pris l'appel. Les lèvres et le coeur serrés, elle raccrocha le récepteur sans bruit.

— Personne à la maison? demanda madame Doris.

— Oh! Il travaille probablement à l'extérieur. Oui. Il doit être en train de servir de l'essence à un automobiliste, marmonna-t-elle d'un air absent.

Assises autour d'une table à la librairie, Lucie, Voula, ainsi que les jumelles Érica et Estelle discutaient ferme. Le regard perdu au loin, Voula déclara :

— Quelle noble vocation que celle de comédien. Vous savez, chez les anciens Grecs, l'art dramatique était un art sacré. En fait, mes arrière-arrière-arrière-grands-parents ont peut-être monté sur les planches pour être agréables aux dieux. Oui, cette pièce pourrait jouer dans nos vies un rôle capital.

Derrière ses lunettes de corne à la Nana Mouskouri, ses grands yeux de velours noir frangés de longs cils étincelaient d'enthousiasme.

— Tu vas passer une audition, alors? demanda Érica.

— Oui. J'aimerais bien décrocher un petit rôle.

— Pourquoi un petit rôle? questionna Lucie. Pourquoi ne pas viser celui de la vedette?

— Je ne crois pas que ce rôle soit pour moi, analysa Voula sérieusement. Mais toi, Lucie, il t'irait comme un gant. Après tout, tu sais danser et tu as déjà suivi des cours d'art dramatique.

— Oui... bon. C'est vrai. Mais je n'en suis plus depuis que j'ai déménagé ici.

Les jumelles échangèrent un regard entendu.

— Tu devrais essayer de faire partie de la distribution, reprit Voula, s'adressant cette fois à Estelle.

Mais cette dernière déclina la suggestion d'un signe de tête.

— Non. Nous avons pensé nous occuper du maquillage, Érica et moi. Moi, je me spécialise dans les maquillages d'Halloween gluants.

— Quelle horreur, s'exclama sa soeur, en feignant le dégoût. Moi, ma spécialité, ce sont les cicatrices.

— Ummmm, fantastique! Tout de même, Lucie, enchaîna Voula, tu *dois* absolument t'essayer.

— Peut-être. Je ne sais pas.

— Pourquoi pas? insista Voula

— Ben. Ça dépend de la pièce, fit Lucie d'un air connaisseur. Enfin, si c'est du vrai théâtre, je ne dis pas non. Mais s'il s'agit d'une comédie plate du temps de nos ancêtres, ne comptez pas sur moi.

CHAPITRE 3

Pour la troisième fois, Lorraine offrit de la salade à son père.

— Tu es certain de ne pas en vouloir? C'est bon pour la santé.

Frank Delacorte regarda sa fille d'un air surpris.

— Ma petite fille, c'est mon rôle de voir à ce que tu manges des légumes frais. Or, je vois que ton assiette n'en contient pas.

Lorraine baissa les yeux vers la nourriture qu'elle avait à peine touchée.

— Je n'ai pas faim, s'excusa-t-elle. Papa?

— Oui?

— Pourquoi as-tu mis ton habit neuf ce matin?

— Oh, je... j'avais un rendez-vous au centre-ville. Cela t'a-t-il surprise?

— Oui, plutôt.

— Je devrais le porter plus souvent. Les tailleurs ne confectionnent pas des habits uniquement pour que nous les portions dans une tombe, tu sais, dit-il sentencieusement en s'appuyant au dossier de sa chaise.

Mon Dieu! Que ses cheveux sont gris, songea Lorraine. Quand donc sont-ils devenus si gris? Et ces petites pattes d'oie, au coin de ses yeux, quand donc sont-elles apparues? Ah! il vieillit, sans doute. À moins que quelque chose ne cloche...

— Un jour, j'espère que tu te souviendras que ton père n'était pas qu'un simple mécanicien aux mains noires de cambouis.

Lorraine écarquilla les yeux.

— Que veux-tu dire par *tu te souviendras*?

— Eh bien, je ne vivrai pas éternellement, n'est-ce pas?

— Ne dis pas ça, papa!

— Hé, ne t'énerve pas. Tiens, oublie ce que je viens de dire. Peut-être, après tout, suis-je immortel, acheva-t-il en se mirant dans le chrome brillant du grille-pain. Il lissa ses cheveux et eut un petit rire étouffé, comme un enfant qui vient de faire une bonne farce à un copain.

Peu après, pendant que sa fille débarrassait la table et faisait du thé, monsieur Delacorte déclara sérieusement :

— Alors, tu peux t'organiser assez bien toute seule, maintenant, n'est-ce pas?

Ces paroles déclenchèrent une sirène d'alarme dans la tête de la jeune fille. Mais elle réprima son émotion et se contenta de répondre :

— Peut-être. Je ne sais pas. Pourquoi?

— Je veux dire que tu es une grande fille, maintenant. Si je te laissais toute seule, tu n'aurais pas de problème. Si Jeff pouvait rester ici, tu...

Juste à cet instant, la sonnerie du téléphone l'interrompit. Il alla décrocher le récepteur. Atterrée, Lorraine appuya son front brûlant sur l'émail froid du réfrigérateur.

Mais que se passe-t-il donc, s'interrogea-t-elle. Qu'y a-t-il?

Deux minutes plus tard, monsieur Delacorte revint dans la cuisine, avala son thé d'un trait et dit à sa fille :

— Désolé de te quitter, Lorraine. Mais je dois aller ranimer la batterie de l'auto de monsieur Monro. Ça ne sera pas long.

— Je vais y aller à ta place, s'écria Lorraine sans réfléchir.

— Voyons, mon trésor; tu ne peux conduire la remorqueuse, remarqua le garagiste en fronçant les sourcils.

— Eh bien, je vais avec toi. Je peux très bien faire ce travail à ta place.

— Lorraine, il est temps que tu penses à autre chose qu'au garage. Ce n'est pas là ta priorité. Crois-moi, je sais de quoi je parle. Les choses changent, dans la vie...

— Oh, papa! Arrête de parler de changements, s'il te plaît, hurla la jeune fille. C'est insupportable!

Et, sous le regard ahuri de son père, l'adolescente saisit son manteau et prit la porte.

— Je sors aussi. Je vais chez Voula faire mes devoirs, dit-elle en guise d'explication.

Une fois dehors, elle pressa le pas. Mains dans les poches et tête inclinée pour éviter la morsure de la bise hivernale, elle allait droit devant elle. L'histoire des devoirs chez Voula n'était qu'un prétexte pour être seule. Pendant qu'elle marchait ainsi dans le noir, des lambeaux de phrases lui revenaient en mémoire : Si je te laissais toute seule, tu n'aurais pas de problème... les choses changent... je ne vivrai pas éternellement...

Elle accéléra son allure pour tenter d'échapper à ces pensées agaçantes. Déambulant au hasard de ses pas, elle se retrouva finalement, sans trop savoir comment, devant la résidence de Voula. Elle décida donc de lui faire une visite. Ainsi, elle pourrait sans mentir dire à son père qu'elle avait vu son amie.

Au premier coup de sonnette, elle vit s'allumer une lumière derrière la porte vitrée, et le père de Voula vint lui répondre.

— Bonsoir, mademoiselle.

— Euh... Voula est-elle ici?

— Elle est en train d'étudier.

— J'ai... Euh... je voudrais lui poser une question pour notre devoir de ce soir. Je suis dans sa classe.

— Pourquoi ne pas lui avoir téléphoné?

— Ah! Eh bien, je passais par ici et, en voyant

la maison, j'y ai pensé.

Pendant quelques instants, Lorraine crut que monsieur Grivogiannis refuserait que sa fille vienne simplement lui parler. Mais soudain, il ouvrit la porte toute grande et l'invita à entrer.

— Voula, dit-il en se tournant vers l'escalier, il y a quelqu'un pour toi.

Le temps que Voula descende, son père examina Lorraine avec soin, en arrêtant un regard curieux sur sa casquette bleue.

— Il est tard pour qu'une jeune fille comme toi se promène sur la rue. Ton père est-il au courant?

— Ou... Oui, bégaya Lorraine.

Heureusement, l'arrivée de Voula la tira de cette impasse.

— Lorraine! fit-elle. Salut! Papa, je te présente Lorraine. Tu te souviens d'elle, n'est-ce pas? Elle est dans ma classe.

Il salua l'adolescente d'un signe de tête.

— Oké. Mais ne parlez pas trop longtemps. Tu dois finir tes devoirs, Voula, et aller au lit.

Une fois qu'il fut parti, Voula s'enquit :

— Ça va, Lorraine? Tout est en ordre? Tu as l'air toute bouleversée.

— Je le suppose. Je me suis, comme qui dirait, mise en colère contre mon père et je lui ai dit que je venais ici pour étudier.

— Pourquoi t'es-tu fâchée contre lui?

— Oh, je ne sais pas trop. Il n'arrête pas de me parler comme s'il était sur le point de me quitter. Cela m'effraie.

Les yeux expressifs de Voula s'agrandirent de surprise.

— Tu penses que c'est son coeur? Te cache-t-il quelque chose?

— Ben... Euh... C'est ce que je crois. Vraiment, je ne sais plus quoi penser.

— Oh, Lorraine! Que vas-tu faire?

— Que puis-je faire? J'essaie de prendre soin de lui, mais il continue le même train de vie qu'avant. Et il n'apprécie guère ma présence non plus.

— Que veux-tu dire?

— Il refuse que je l'aide au garage. Il dit que de grands changements approchent. C'est comme s'il essayait de me préparer à un événement grave.

Interdite, Voula écoutait son amie sans mot dire.

— Bon, je vais filer avant de te causer des ennuis. Euh... Avions-nous des devoirs ce soir?

— Il faut étudier pour l'examen.

Lorraine se frappa le front et sentit tout à coup le plancher se dérober sous ses pieds. C'était comme si la Terre venait de s'ouvrir et menaçait de l'engloutir.

— Examen? fit-elle d'une voix éteinte.

— Oui. N'as-tu pas entendu monsieur Racine? Il en a parlé pendant des heures. Où étais-tu? Sur la Lune?

— Je suppose que oui, admit Lorraine en soupirant. Je suis mieux de retourner chez moi en vitesse et d'étudier.

— C'est sur les préfixes et les suffixes, expliqua Voula en reconduisant la fille du garagiste à la porte. Bonne chance!

CHAPITRE 4

— Bonjour à tous. Ce matin, avant de commencer les cours, j'aimerais vous entretenir davantage de notre pièce de théâtre, annonça mademoiselle Avery.

Instantanément, tous les regards se tournèrent vers elle.

— Nous commençons les auditions demain matin. Ceux et celles qui sont intéressés devront inscrire leur nom sur la feuille que je laisserai au bureau de réception à cet effet. Il y aura aussi une autre feuille pour ceux et celles qui désirent offrir leurs services aux équipes de soutien et de régie. Cela comprend notamment la vente des billets et le vestiaire. Rappelez-vous que toutes ces tâches ont leur importance. Sans elles, il n'y aurait pas de lever de rideau. Bon. Ceci dit, cela demandera beaucoup de travail de votre part. Vous devrez rester après les cours, probablement une ou deux fois par semaine et même les fins de semaine. Naturellement, vous devrez être disponibles pour les quatre représentations qui se donneront en février. Mais vous aurez aussi beaucoup d'agrément. Alors, j'espère que vous vous inscrirez tous. Il y a des tâches pour chacun d'entre vous. Et si nous travaillons tous ensemble, nous sommes assurés d'obtenir un immense succès.

Karine leva la main.

— Oui, Karine?

— Mademoiselle Avery, quel genre de pièce est-ce?

— Bonne question, Karine. Je pense que nous avons les ressources nécessaires pour jouer *Clair de lune sanglant*. Il s'agit d'un drame où évoluent des jeunes gens tels que vous, qui grandissent dans un milieu pauvre d'une grande cité. Un peu comme ici, mais beaucoup plus défavorisé et plus rude. C'est un bon défi à relever, mais je pense que nous en sommes capables.

— Y a-t-il des scènes d'amour?

Des oeillades et des rires étouffés accueillirent cette question.

— Non. Il y a le triangle classique avec beaucoup d'émotions profondes. Mais pas de scènes d'amour. Vous n'êtes pas trop désappointés?

Des rires fusèrent dans la classe en guise de réponse. Quand le calme fut revenu, mademoiselle Avery reprit :

— Bon. Notez que les deux listes seront au bureau de réception. Inscrivez-vous et nous produirons la meilleure pièce que cette école ait jamais vue. Ce sera un chef-d'oeuvre.

Lucie et Stéphanie se rencontrèrent dans la salle d'eau après la classe.

— Tu es différente, Steph, dit Lucie. Comment ça se fait?

— J'essaie de changer mon image.

— Je te comprends, soupira Lucie. J'ai justement eu une longue conversation avec ma travailleuse sociale à ce sujet.

— Ah, oui?

— Ouais. Je dois passer en cour au mois de mars.

Quoique Lucie fût parmi les enfants les plus à l'aise de l'école, elle avait été arrêtée pour vol à l'étalage, juste avant Noël, et la police avait décidé de porter une accusation contre elle. Elle devait maintenant rencontrer un conseiller familial et avoir des entretiens planifiés avec ses parents. Elle voyait régulièrement une travailleuse sociale et avait un avocat. L'épée de Damoclès suspendue au-dessus de sa tête juvénile était celle de la justice.

— Elle pense, continua Lucie, que c'est une bonne idée de m'impliquer dans les activités parascolaires pour justement changer mon image.

— Quelles sortes d'activités?

— Je lui ai parlé de la pièce et elle m'a conseillé d'y participer. Enfin. Je suis contente que nous jouions *Clair de lune sanglant*.

— Tu connais cette pièce?

— Oui. C'est super! Le rôle de Carmen est électrisant.

— Qui est Carmen?

— C'est la prima donna de ce drame. Elle est jeune, dure et sensible à la fois et complètement dédiée à son ami de coeur même si ce dernier subit la terrible pression du gang des Cannibales. Tu devrais auditionner pour ce rôle. Quand je suis allée voir cette pièce, la dame qui jouait Carmen te ressemblait.

Un grand frisson parcourut Stéphanie de la racine des cheveux à la plante des pieds.

— Vraiment? Elle me ressemblait?

— Elle aurait pu être ta soeur.

Lorsque, peu de temps après, Stéphanie sortit de l'endroit où les dames se poudrent le nez, elle ne portait pas à terre. Elle flottait littéralement. Avec le calme, la dignité et la grâce dont sont pourvus ceux qui ont entendu l'appel du Destin, elle alla apposer son nom sur la feuille des auditions. À la place du point, sur le «i» de Stéphanie, elle dessina une minuscule étoile, convaincue qu'elle était de décrocher le rôle. En silence, elle regarda sa signature. C'était là, songea-t-elle, son premier autographe. Un jour, certainement, il vaudrait une fortune.

Assise à son bureau, madame Doris regarda Arthur et Yick faire leur entrée.

— Encore deux briseurs de coeur, s'exclama-t-elle.

— Pardon? Euh... Où devons-nous signer?

— Ceux qui désirent jouer les dieux de la scène doivent signer sur la feuille de gauche. Le côté du coeur. Hum! Ceux qui veulent s'enregistrer pour les équipes de régie signent sur celle de droite. Bonne chance les gars!

Pendant qu'Arthur écrivait son nom, Yick, lui, inspectait la nomenclature des tâches.

— Hé, fit-il, comme frappé par un éclair. Il y a des effets spéciaux dans cette pièce.

— Qu'est-ce que tu connais des effets spéciaux? s'enquit Arthur d'un ton sceptique.

— Au cas où tu ne le saurais pas, nous, les Chinois, avons inventé la poudre à canon, répliqua Yick sans sourciller.

Et, prenant le stylo des mains d'Arthur, il mit son nom sur la liste.

— J'espère, ô fils du Ciel, que l'école a de bonnes assurances, rétorqua Arthur en regardant au plafond.

CHAPITRE 5

Les étudiants qui s'étaient inscrits pour passer une audition attendaient nerveusement leur tour à la bibliothèque, tout en essayant de se concentrer sur les textes qu'on leur avait remis. Tous semblaient se morfondre, sauf Stéphanie qui, de temps à autre, jetait un regard de commisération sur ses camarades.

Susie ouvrit la porte qui menait du corridor à la bibliothèque, consulta sa liste et appela Mélanie. Cette dernière quitta son siège d'un air troublé. Catherine lui souhaita bonne chance et Richard lui murmura :

— Donnes-y la claque, t'es capable.

Elle s'en fut ensuite avec Susie qui traversa le corridor avec elle et l'emmena dans une classe où mademoiselle Avery et monsieur Racine présidaient la séance d'audition pour choisir les acteurs de la pièce.

Pendant ce temps, Lucie, qui était assise en face de Stéphanie, leva le nez de son manuscrit.

— Ah, misère! Je déteste les auditions. Monter sur la scène n'est rien en comparaison de ceci.

— Je te comprends, susurra Stéphanie tout en examinant ses ongles avec soin.

— Ah oui? Je ne savais pas que tu avais déjà joué, Steph.

— Euh... je... mais oui, fit Stéphanie, prise de court. Mais il y a longtemps.

Elle se rappelait vaguement une mini-représentation de Noël à l'âge de huit ans. Ce souvenir l'empêcha de mentir tout à fait.

— Quel rôle crois-tu obtenir? se dépêcha-t-elle d'ajouter.

— Aussi bien y aller pour le rôle principal, répondit Lucie. J'ai choisi de lire une réplique de Carmen.

— Ca.. Carmen?

— Certainement. Pourquoi pas? J'ai autant de chance que n'importe qui. Et toi?

— Je... euh... n'importe quoi. Jetant un regard sur le texte étalé devant elle, elle enchaîna : la travailleuse sociale ou... Carmen, acheva-t-elle sur un ton de défi.

Après tout, Lucie ne lui avait-elle pas dit qu'elle ressemblait à l'héroïne de la pièce?

— C'est la meilleure attitude à prendre, commenta Lucie. Ainsi, tu ne seras pas désappointée si tu ne l'as pas. De toute façon, ce sera facile, quel que soit le rôle que nous aurons à jouer.

À ce moment, Susie revint sur les lieux.

— Stéphanie? C'est à ton tour.

Un orage de panique balaya tout à coup la sérénité qui, quelques instants auparavant, avait habité le coeur de la blonde adolescente. Hésitante, elle se leva, mais surnoisement, une des pattes de sa chaise la fit trébucher. Elle vacilla sans tomber cependant.

— N'oublie pas ton texte, lui cria Lucie alors qu'elle se dirigeait vers la sortie.

— Oh... euh... oui. Merci.

— Je te dis «merde», ajouta Lucie.

Tout en suivant Susie, Stéphanie prit mentalement note de l'expression. Elle se renseignerait plus tard sur la signification de ce terme à consonnance plutôt scatologique qu'artistique.

Mademoiselle Avery et monsieur Racine étaient assis dans la première rangée, à la place des étudiants. Le bureau du professeur avait été poussé dans un coin pour créer l'espace nécessaire à une scène improvisée. Stéphanie entendit à peine le bruit de la porte que refermait Susie, tant ses oreilles bourdonnaient. Devant ses yeux, des milliers de petits points lumineux dansaient une folle sarabande.

— Allô Stéphanie, dit mademoiselle Avery avec un sourire encourageant. Comment vas-tu aujourd'hui?

— B... bien, bafouilla-t-elle.

Sa bouche, soudain, était devenue aussi sèche qu'un parchemin exhumé de la pyramide du

Soleil, au Mexique. Elle déglutit avec peine et reprit :

— Bien.

— Je suis contente que tu veuilles participer à la pièce, Steph. Nous aurons sûrement besoin de tes services. As-tu un rôle en tête?

— Bien... euh... Carmen?

— Mm, hmmm, fit mademoiselle Avery qui en prit note dans son cahier. Alors, essayons la scène trois du deuxième acte, en page 23. Monsieur Racine te donnera la réplique dans le rôle d'Eddy. Fais abstraction de son statut de professeur. Pense à lui comme à un garçon de ton âge.

Monsieur Racine ébaucha un sourire forcé et Stéphanie eut un petit rire convulsif. Ayant repéré le texte, elle s'éclaircit la gorge et commença d'un ton saccadé :

— Est-ce toi, Eddy?

— Oui, c'est moi, rétorqua monsieur Racine d'une voix bourrue, comme le voulait son rôle. Que fais-tu ici?

Stéphanie reprit sa lecture :

— Je t'attendais. Je savais que tu viendrais.

Un malaise envahit la jeune fille à l'idée d'attendre monsieur Racine.

— Je t'ai déjà dit de ne plus venir ici, Carmen. Je t'ai dit d'oublier que tu m'as même rencontré. Compris?

Stéphanie leva les yeux et s'aperçut que monsieur Racine la regardait pendant qu'il parlait. Décontenancée, elle se trompa de paragraphe en lisant la réplique suivante :

— Je t'attends... Euh... Non. C'est pas ça, Eddy. Je ne peux pas t'oublier ainsi. Tu es tout pour moi.

Embarrassée, elle se sentit rougir jusqu'aux oreilles.

— Si tu m'aimes un tant soit peu, Carmen, disparais; efface-toi. Quitte cette ville pourrie.

— Mais Eddy, je...

— C'est sérieux, Carmen, coupa monsieur Racine, d'une voix étonnamment forte. Cet endroit est malsain et empoisonné; tout comme moi, d'ailleurs.

À ce moment, le texte indiquait qu'Eddy s'en allait, laissant Carmen seule sur la scène. Stéphanie interrogea mademoiselle Avery du regard.

— Continue. Lis le monologue de Carmen. Prends ton temps. Et note qu'ici Carmen parle de son premier amour; le premier événement qui ait jusque-là donné un sens à sa vie.

Stéphanie examina le texte pendant un moment et attaqua :

— Bien entendu! C'est plein de bons sens! C'est évident! J'ai passé toute ma vie dans ce quartier minable infesté de rats, de rouille et de coquerelles... Stéphanie ne put s'empêcher, à ce point, de faire la grimace, mais elle se ressaisit... la peinture est écaillée et les carreaux des fenêtres sont cassés. L'argent y est rare, la nourriture aussi; et si, par hasard, vous avez un petit quelque chose de plus que le voisin, on vous attend au détour d'une rue pour vous en dépouiller...

Peu à peu, Stéphanie comprenait le personnage qu'elle incarnait. Sa voix prit de l'assurance et, bientôt, monsieur Racine et mademoiselle Avery s'estompèrent dans un autre monde. Elle ressentait profondément la tragédie d'être née dans un milieu où la loi du plus fort sévissait... de grandir comme une fleur qui pointe vers le ciel sa timide corolle à travers une fissure dans une jungle de macadam...

— ... et la seule chose qui m'a fait tenir le coup jusqu'à présent est la vue de la lune éclairant le projet. Je l'ai aperçue, une fois, après un orage. Pour une fois, tout semblait propre sur la Terre; le vent chassait les nuages d'un grand souffle nocturne et là, tout à coup, elle apparut dans toute sa splendeur de reine de la nuit! C'était merveilleux. Chaque soir, par la suite, je guettais son arrivée car, au fond de moi-même, je savais qu'un beau jour elle m'apporterait l'amour. C'est en effet ce qui se produisit. La première fois que mes yeux se posèrent sur Eddy, je sus qu'il était celui que j'attendais. Ce ne fut pas un coup de foudre, ce fut un coup de lune. Il m'apparut, ce soir-là, nimbé de lumière lunaire. Bien qu'il fut en train de jouer à pile ou face avec de la petite monnaie dans l'entrée crasseuse d'une maison de rapport délabrée, avec nul autre que Sharkey McGriff, dit le Requin, cela n'avait aucune importance. C'était lui. Pas un autre. Et maintenant, que se passe-t-il? Il ne veut plus rien savoir de moi. Il veut que je débarrasse le plancher... Oui. C'est vraiment plein de bon sens, termina Stéphanie sur un ton d'ironie amère.

Elle arrêta de lire et interrogea du regard les professeurs qui avaient soigneusement observé sa performance. Ils lui sourirent et applaudirent même légèrement. Inutile de dire que l'adolescente se sentit tout à coup soulagée d'un grand poids.

— Merci, Stéphanie. C'était très bien, dit mademoiselle Avery.

— Voulez-vous dire que vous me donnez le rôle?

— Hé là! Pas si vite. Nous devons donner la chance à tout le monde de se faire entendre. Nous vous aviserons demain des résultats de l'audition. Après-demain au plus tard.

Mademoiselle Avery sourit de nouveau.

— Oké? S'il te plaît, avise Susie que nous sommes prêts à recevoir la prochaine concurrente.

Décontenancée, Stéphanie sortit de la pièce d'un pas incertain et s'engagea dans le corridor. Devait-elle s'attrister ou se réjouir? Et si le rôle lui revenait après tout, les juges ne l'avaient-ils pas applaudie?... Quoique... peut-être agissaient-ils ainsi avec tous les candidats? Sait-on jamais, Louis incarnerait peut-être le personnage du jeune premier!...

Toute à son rêve, elle passa à côté de Susie sans même la voir et oublia, il va sans dire, de lui transmettre le message de mademoiselle Avery. Heureusement, Susie veillait au grain. Elle fit un crochet à côté du nom de Stéphanie et pénétra dans la bibliothèque.

— Lucie? C'est à toi, maintenant.

CHAPITRE 6

Voula s'arrêta près de la case de Lorraine. Depuis la visite éclair de sa camarade, l'autre soir, elles n'avaient guère échangé que quelques mots.

— Comment va ton père, Lorraine?

— Bien je suppose. Il avait l'air correct ce matin. Dangereusement en forme, même. Je ne sais pas si je dois m'inquiéter ou si je suis en train de capoter.

Déconcertée, Voula s'enquit :

— Tu me dis qu'il est en grande forme. Alors, pourquoi t'inquiètes-tu?

— Parce que les choses ne me semblent pas normales comme avant. Je ne sais d'ailleurs plus ce qui est normal et ce qui ne l'est pas. Je suis confuse. Et il dit qu'il est fort comme un boeuf, ajouta-t-elle en passant du coq-à-l'âne.

Lucie, dont la case jouxtait celle de Voula,

avait entendu parler ses copines.

— Ton père est-il encore malade? demanda-t-elle à Lorraine, d'un ton de compassion.

Ses grands yeux sombres reflétaient la sympathie.

— Je l'ignore, mais il agit d'une façon bizarre depuis quelque temps.

— Comment ça, bizarre? interrogea Lucie.

— Eh bien... hier soir, il m'a montré de vieux albums.

— Des albums de photos? questionna Voula.

— Oui. Des portraits de famille anciens. Il y en avait de mon père et de ma mère. Mais il y avait aussi de très vieilles photos de notre parenté, en Corse. Ça m'a donné la chair de poule. Imaginez, la moitié de ces gens-là sont déjà morts. Quant aux autres, je ne les ai jamais vus. Alors, je m'en fiche comme de l'an quarante!

— Pourquoi voulait-il te montrer ces photos?

— Je crois, répondit Lorraine avec un soupir de tristesse et un haussement d'épaules résigné, qu'il veut me laisser quelque chose... Tu sais... pendant qu'il en est encore capable. J'ai le pressentiment qu'il se prépare à partir...

Les mots s'étranglaient dans la gorge de Lorraine. Voula et Lucie échangèrent un regard inquiet. Un silence gêné s'installa entre les trois étudiantes. Lucie le brisa :

— Écoute, Lorraine. Si tu as besoin de quoi que ce soit, tu nous le dis, hein? Nous sommes tes amies, n'est-ce pas?

— Merci de tout coeur, les filles.

Après que monsieur Racine eut salué ses élèves, ce matin-là, une main se leva dans la rangée du fond.

— Oui, monsieur Jeremiah?

— La distribution des rôles est-elle déjà complétée, pour la pièce?

— Oh, oh! On anticipe la célébrité, monsieur Jeremiah?

— Je dois planifier mon avenir, non? rétorqua l'étudiant. Et, feignant d'un geste du bras, de se protéger d'une foule en délire qui montait à l'assaut de la scène, il continua : Non, non, pas d'autographes, s'il vous plaît...

À côté de lui, Louis renchérit, d'une voix de fausset :

— Oooh! C'est lui! C'est lui! Joey Jeremiah... Aaah!

— Si j'étais à ta place, Joey, intervint monsieur Racine d'une voix sèche, je n'abandonnerais pas l'étude du français. Tu en auras besoin plus tard pour trouver un emploi, ailleurs qu'au théâtre. Pour répondre à ta question, mademoiselle Avery affichera demain la liste des acteurs choisis et du rôle attribué à chacun. Je dois dire qu'hier nous avons vu plusieurs jeunes talents prometteurs. Du côté technique, je suis également satisfait. Il reste cependant plusieurs postes importants à combler. Tous les volontaires sont donc bienvenus.

Il se tut et prit une pile de feuilles sur son bureau.

— Passons maintenant aux résultats du dernier examen. Comme d'habitude, j'ai eu plusieurs surprises, agréables et... moins agréables. Plusieurs d'entre vous semblent avoir compris le rôle et le jeu des préfixes et des suffixes. D'autres, cependant, ont l'air d'avoir tout oublié, depuis les vacances de Noël. Il faudra, pour ceux-là, réactiver les données que le petit ordinateur de leur mémoire semble avoir escamotées.

Ce disant, il se mit à passer les copies, s'arrêtant à chaque pupitre.

— Tous ceux dont la moyenne est inférieure à 60% devront revoir sérieusement ce chapitre. Voula... très bien... Monsieur Jeremiah... des suggestions très intéressantes, l'ensemble est satisfaisant...

Il continua ainsi jusqu'à la dernière feuille qu'il plaça sur son propre bureau.

— Lorraine, je veux te voir après le cours.

L'interpellée baissa les yeux et fixa son pupitre mélancoliquement. Elle savait pertinemment bien qu'elle avait échoué. Aucune importance, se dit-elle. Ce n'est qu'un nuage de plus au sombre horizon de ma vie actuelle.

Tel qu'entendu, après le cours, Lorraine ramassa ses livres et se rendit près du bureau de monsieur Racine. Sans mot dire, il lui tendit sa feuille d'examen. En haut, en chiffres rouges, un pauvre 10% couronnait la page presque blanche.

— Que s'est-il passé, Lorraine?

— Ben... euh... j'ai oublié d'étudier.

— Il semble que tu aies oublié de répondre aux questions.

— Euh... je ne savais pas quoi écrire.

— Lorraine, qu'est-ce qui ne va pas? Cela ne te ressemble pas du tout.

— Rien... Euh... Je ne sais pas...

Ah, qu'elle aurait voulu se trouver ailleurs. Sur la Lune, par exemple, au bord de la mer de la Tranquillité! Hélas, monsieur Racine n'avait pas terminé sa remontrance. Il lui fit signe de s'asseoir. Ce qu'elle fit.

— Écoute, Lorraine. Je vois bien que ça ne tourne pas rond. Depuis ton retour de vacances, tu n'es plus la même. Bon! Tu n'es pas obligée de me dire ce qui te mine ainsi. Je ne veux pas m'immiscer dans ta vie privée. Mais si cela continue, tu vas avoir des problèmes. Tout va bien, chez toi?

Mal à l'aise, Lorraine ne savait où poser son regard.

— Comment va ton père?

Elle répondit par un haussement d'épaules, pendant que le professeur scrutait attentivement son visage.

— Bon. D'accord. Changeons de sujet. Tu n'as pas donné ton nom pour la pièce.

— Je n'ai pas de talent pour jouer la comédie.

— Tu n'en as pas besoin. Nous avons un grand

trou à combler, côté technique. J'ai pensé que tu pourrais nous donner un coup de main.

— Comment?

— Tu pourrais nous aider à fabriquer les décors. Je sais que tu excelles en mécanique et je crois que tu as du talent pour la menuiserie. Nous avons besoin de quelqu'un qui soit capable de superviser l'ensemble du travail, de voir à ce que les décors soient finis en temps et qu'ils soient assez solides pour ne pas s'écrouler au milieu de la pièce; pour voir aussi à ce que l'éclairage soit adéquat et que les effets spéciaux soient au point. Bref, rien de très compliqué en comparaison d'un moteur à huit cylindres. Et ça promet d'être très amusant. Qu'en dis-tu?

— Ben... euh... combien de temps cela me prendra-t-il?

— Ça dépend à quelle vitesse chacun travaille. Tu devras compter plusieurs soirées et sans doute quelques fins de semaine. C'est un peu comme faire partie d'une équipe sportive. Cependant, cela ne doit pas affecter ton rendement scolaire. C'est pourquoi nous allouons des points à ceux qui s'impliquent dans ce beau projet. Ce crédit supplémentaire te sera fort utile, compte tenu de tes notes actuelles.

Mais les pensées de Lorraine voguaient loin des décors de scène et des notes supplémentaires. Le fait qu'on lui ait demandé d'assumer la responsabilité de l'équipe technique ne l'enchantait pas non plus outre mesure. Mais cela s'avérait pour elle une planche de salut qui l'aiderait à s'évader de ses inquiétudes et de ses tourments. Aussi n'hésita-t-elle pas à rendre sa décision :

— Ben... Oké, d'abord.

CHAPITRE 7

Sur le chemin de l'école, le lendemain, Stéphanie avait, comme on dit, des papillons dans l'estomac. D'aucuns auraient dit qu'un petit broyeur s'était mis en marche dans la région de son épigastre. Toujours est-il qu'elle brûlait de curiosité. Car les résultats des auditions seraient affichés sur le babillard accroché au mur du hall d'entrée.

Si la chance lui souriait — Seigneur, faites qu'on m'ait choisie, pria-t-elle silencieusement en levant, vers le pâle firmament hivernal, ses yeux implorants —, elle personnifierait Carmen et Louis, ce garçon de rêve, incarnerait Eddy, l'amoureux de Carmen. C'était là, avait-elle décidé, son seul et unique espoir. Oh! Elle avait bien essayé, durant le trimestre précédent, de susciter l'intérêt du jeune homme. Mais les résultats avaient été désastreux. Elle l'avait même invité *deux fois*, mais deux fois le Ciel avait contrarié ses desseins. Des accidents fortuits transformèrent ces rencontres en moments horribles qu'on voudrait faire disparaître dans les oubliettes du Temps, quelque part aux alentours de trois millions d'années avant Jésus-Christ.

Mais ses sentiments envers Louis n'avaient pas changé pour autant. Ah! Si seulement Louis et elle pouvaient jouer les rôles convoités, elle était certaine que l'amour, qui brûlait dans son coeur d'adolescente, réussirait à enflammer le coeur de Louis. Elle se croisa les doigts et, de nouveau, adressa aux cieux un voeu silencieux.

Devant les listes affichées près du bureau de madame Doris, un groupe d'étudiants était rassemblé. Dès son arrivée, elle put lire le titre de l'avis : PIÈCE DE THÉÂTRE - RÉUNION À 16 HEURES!!! APPORTEZ VOS MANUSCRITS.

De l'endroit où elle était, elle ne pouvait voir les noms des acteurs. Elle s'approcha. Le premier nom qu'elle vit, en tête de liste, fut celui d'Eddy. À côté figurait le nom de Louis.

— Youppi! Il l'a eu, s'écria-t-elle. Merci, merci.

Surpris, les élèves qui étaient plus près du mur se retournèrent et s'écartèrent pour lui livrer passage. Elle s'approcha davantage et inspecta la liste. Bon! Carmen... Hein? Quoi? Vis-à-vis du nom de Carmen était imprimé celui de Lucie. «Ô rage, ô désespoir, ô destin ennemi!», se serait écrié Racine, d'un ton cornélien (pas le professeur mais le grand créateur de la tragédie française, répondant, au dix-septième siècle, au prénom de Jean).

Stéphanie n'en croyait pas ses yeux. «Ils» avaient donné le rôle à Lucie. Elle qui ne le désirait que pour plaire à une travailleuse sociale. Anéantie, elle s'éloigna. Comme en rêve, elle entendit la voix de Joey Jeremiah :

— Hé, j'ai eu le rôle de Lucky! Quelle chance!

Quelle ironie, songea Stéphanie amèrement.

À la porte des lavabos, elle rencontra Lucie.

— Félicitations! Steph, dit-elle tout excitée.

— Comment ça, félicitations?

— Pour ton rôle, voyons. Tu n'as pas vu la liste? C'est toi qui joues madame Wark, la mère de Carmen.

— Sa... sa *mère*?

— Oui. C'est un bon rôle de composition. Très intéressant pour une actrice... Oh! À propos. Je suppose que je devrai t'appeler maman; parce que Carmen, c'est moi.

Lucie éclata de rire. Stéphanie n'eut d'autre choix que de rire avec elle... d'un rire couleur de pissenlit. C'était vraiment la fin des haricots. Non seulement avait-elle perdu la chance de séduire Louis, mais elle devait faire contre mauvaise fortune bon coeur en incarnant la *mère* de son amie de coeur.

Après le départ de Lucie, Stéphanie alla revoir la distribution. Oui, son nom était bien là, comme Lucie le lui avait mentionné : Madame Wark - Stéphanie Kaye. Voyons, qui d'autre avait eu un rôle? Elle parcourut la liste. Soudain, un nom la fit frissonner. Non, tout, mais pas ça. Les lettres se mirent à danser devant ses yeux incrédules.

Le nom d'Arthur était juxtaposé à celui de Chip, le frère de Carmen et le fils de... madame Wark.

Yack, ouache, pouah! Non seulement devait-elle jouer le rôle d'une dame d'âge mûr pendant que Lucie et Louis personnifieraient les jeunes amoureux, mais il lui fallait aussi être la mère fictive de son frère cadet. C'en était trop. Elle sentit ses jambes la trahir et dut s'appuyer contre le mur avec un gémissement de frustration et de découragement. Décidément, rien ne lui serait épargné. Elle devrait boire ce calice jusqu'à la lie.

Quand Lorraine arriva dans la pièce située derrière la scène, elle y trouva beaucoup de monde. Voula, assise sur un banc le long du mur, l'appela d'un geste de la main.

— Viens t'asseoir. N'est-ce pas excitant?

— Ouais, fit Lorraine en promenant son regard autour de la petite salle. Je n'aurais pas cru qu'il y aurait tant de monde.

— Il y a beaucoup de personnages, tu sais. N'aurais-tu pas aimé avoir un rôle?

Lorraine renâcla et grimaça.

— Moi? Me montrer la fraise sur une scène? Pas de danger!

Silencieuse jusque-là, mademoiselle Avery, qui avait noté les noms des élèves présents à la réunion, prit la parole.

— Attention, s'il vous plaît. Je pense que tout le monde est arrivé. J'aimerais d'abord souhaiter la bienvenue à tous, tant aux acteurs qu'aux membres des équipes techniques responsables de notre super-production *Clair de lune sanglant*.

De vives acclamations, ponctuées de hourras retentissants, accueillirent ce petit discours.

— Voyons, reprit-elle. Du calme. Nous ne disposons pas de beaucoup de temps cet après-midi et j'ai plusieurs choses à vous dire. Je vais d'abord vous présenter les personnages selon l'ordre dans lequel ils apparaissent sur la scène. Notez qu'il n'y a pas de vedette dans cette production.

Elle fit une pause.

— Chacun d'entre vous y est aussi important que son voisin, et tout le monde en partage le mérite à parts égales. Est-ce clair?

Mademoiselle Avery s'interrompit de nouveau et plusieurs étudiants acquiescèrent d'un signe de tête.

— Donc, voici nos personnages. Joey, dans le rôle de Lucky Spoletti; Louis, dans celui d'Eddy O'Toole; Alex, dans celui d'Arnold Fish. Tous trois forment le gang des Cannibales, dont Lucky, toi, Joey, est le chef.

— C'est lui, le méchant, fit une voix au fond de la salle.

Et Joey de rabattre son chapeau sur ses yeux pour avoir l'air d'un dur de dur.

— Maintenant, il y a Carmen, jouée par Lucie, et Angel Kaminski, jouée par Érica. Angel et Carmen sont amies, mais leur amitié se transforme en rivalité pour gagner le coeur d'Eddy.

— C'est moi, ça, intervint Louis.

— Je sais, répartit mademoiselle Avery. Ridicule, ne trouvez-vous pas?

Et tout le monde de s'esclaffer.

— La pièce nous amène ensuite chez Carmen, dans un petit appartement délabré d'un troisième étage, où nous rencontrons sa mère, madame Wark, interprétée par Stéphanie.

À ce point de la présentation, Stéphanie, gênée, se fit toute petite sur son siège.

— Ensuite, nous avons Chip, le frère de Carmen, joué par Arthur, et sa soeur Rose, incarnée par Mélanie. Puis, arrive la professeure de Carmen, madame Jorace, jouée par Voula. Elle est suivie d'Annie dans le rôle de la voisine, de Catherine, dans celui de la travailleuse sociale, et de Richard, dans celui du policier.

Mademoiselle Avery mit ses notes de côté et s'adressa alors aux 13 membres de la pièce, ainsi qu'à ceux de l'équipe technique.

— Souvenez-vous que vos personnages évoluent dans un monde où la laideur et la violence prédominent, quoique de temps à autre, jaillissent des étincelles de tendresse et de courage qui, à la fin, vaincront les ténèbres de la méchanceté. Bon! Maintenant, voulez-vous nous présenter l'équipe technique, monsieur Racine?

— Volontiers, dit ce dernier en se levant. Actuellement, il nous manque du monde. C'est pourquoi quelques-uns d'entre vous devront remplir plus d'une tâche. Premièrement, Susie Rivera sera notre régisseure.

Tous se tournèrent vers Susie qui leur dédia un sourire où se mêlaient le plaisir et la timidité.

— Une régisseure ressemble un peu à un agent de circulation, enchaîna monsieur Racine. Elle s'assure que les acteurs se présentent aux répétitions et que tout marche comme sur des roulettes. Lors des représentations, c'est elle qui orchestre l'entrée des comédiens sur scène au moment voulu. Elle agit aussi comme souffleuse, dans les cas où un blanc de mémoire frapperait l'un d'eux. Donc, lorsque Susie vous dira quelque chose, je veux que vous l'écoutiez.

— Aye, aye, capitaine, entendit-on dans la salle.

Monsieur Racine passa outre et continua :

— Susie étudiera aussi le rôle de Lucie au cas où une raison majeure empêcherait cette dernière de jouer. En langage théâtral, cela s'appelle «doubler un rôle». Mettez-vous bien dans la tête que toutes les autres besognes sont également importantes. Lorraine sera notre maître d'oeuvre, Anguille s'occupera de l'éclairage, les jumelles se chargeront du maquillage, Épine et Annie fabriqueront les costumes et Yick produira les effets spéciaux.

Aussitôt, Louis s'écria :

— J'aurai sûrement besoin d'un masque de receveur.

— Et d'une veste anti-balles, renchérit Joey.

Imperturbable, monsieur Racine poursuivit :

— Pour ce qui est du personnel qui travaillera dans la salle même — placiers, guichetiers, contrôleurs, préposés au vestiaire, etc. —, Karine s'en chargera. Je n'ai rien d'autre à ajouter pour le moment, conclut-il en se tournant vers mademoiselle Avery.

— Comme vous voyez, reprit cette dernière, c'est un projet d'envergure qui exigera beaucoup de travail, d'esprit de responsabilité et de maturité. Par ailleurs, la joie et la fierté que vous ressentirez, lors des représentations, vous récompenseront amplement de vos efforts. Y a-t-il des questions?

Seul le silence répondit. Et, comme s'ils s'éveillaient d'une espèce d'extase, les étudiants se mirent tous à parler et à bouger en même temps.

CHAPITRE 8

La douce odeur oubliée du bois scié flottait dans l'atmosphère de l'atelier où l'équipe technique au grand complet était rassemblée autour de l'établi sur lequel dormaient des outils empoussiérés. Dans un coin étaient relégués les décors fatigués des productions théâtrales des années précédentes.

— Bien, commença monsieur Racine. C'est vous, les étudiants, qui devez monter cette pièce, mais je serai disponible pour vous aider et vous conseiller. Cependant, vous êtes les seuls responsables de vos travaux. Aussi, ai-je demandé à Lorraine d'être votre maître d'oeuvre.

Tous les yeux convergèrent vers Lorraine qui sentit le sang lui affluer au visage. Quand elle avait accepté la proposition de monsieur Racine, elle n'avait pas réalisé qu'elle endosserait une telle responsabilité. Elle hasarda un sourire hésitant.

— Bon. Avant de m'estomper à l'arrière-plan de votre futur chef-d'oeuvre, j'aimerais analyser avec vous certains problèmes que vous pourriez rencontrer. D'abord, les choses faciles.

Il dirigea son regard vers Annie et Christine, plutôt connue sous son surnom d'Épine, à cause de sa coiffure.

— Pour les costumes, c'est simple. Des vêtements ordinaires tels que des jeans et des chandails usagés. Vous devrez emprunter un costume de policier pour Richard et devrez fabriquer des écussons pour nos Cannibales.

Annie prit en note ces quelques recommandations.

— Estelle, poursuivit-il, il n'y a rien de particulier à signaler pour les maquillages, sauf le sang d'Arnold au cinquième acte. Anguille, un éclairage direct fera l'affaire. Mais tu devras simuler un clair de lune convaincant. Les décors n'ont pas besoin d'être compliqués. Cependant, vu que la pièce comporte cinq actes, il s'agit de trouver une façon simple de les changer sans interrompre l'action sur le plateau. Notre budget est très limité, tout comme notre main-d'oeuvre. Alors, il faudra vous creuser les méninges pour trouver une solution. Je compte sur votre génie et votre habileté.

Ensuite, il se tourna vers Yick.

— Toi aussi, Yick, tu devras faire preuve

d'ingéniosité dans le domaine des effets spéciaux.

— Oui, monsieur, dit Yick prestement en replaçant ses lunettes sur le dos de son nez.

— J'ai dressé une petite liste à ton intention. Au premier acte, on doit entendre une sirène, mais au loin. Au cinquième acte, le son de la sirène doit être beaucoup plus fort pour donner l'impression qu'une voiture de police est tout près. On doit aussi voir des lumières clignotantes bleues et rouges. Tu travailleras là-dessus avec Anguille. Toujours au cinquième acte, il y a des coups de feu. Vous pourriez peut-être enregistrer une cassette lors d'une émission télévisée ou encore utiliser un pistolet de départ. Jusque-là, pas de problème. Maintenant, ce qui vous donnera le plus de fil à retordre sera le fantôme, au quatrième acte.

— F... f... fantôme? bégaya Yick en pâlissant. Quel fantôme?

Pauvre Yick! C'était bien sa chance. Lui qui croyait dur comme fer aux fantômes. On lui avait dit qu'au Vietnam les spectres avaient de longs cheveux blancs et se repaissaient de sang humain.

— Voyons, n'as-tu pas lu le scénario? dit monsieur Racine. Au quatrième acte, le spectre de Sharkey le Requin apparaît à Eddy, qui décide alors de contremander le raid qu'il voulait faire avec Lucky. Nous devons donc créer un fantôme convaincant qui fasse dresser les cheveux sur la tête des spectateurs, conclut-il avec délectation.

— Ne pourrait-on s'en passer de ce fantôme? suggéra Yick d'un ton nerveux.

— S'il n'y a pas de fantôme, rétorqua monsieur Racine, il semblera que Louis a des hallucinations. Cela changerait passablement la pièce...

Consultant sa montre, il reprit :

— Il nous reste très peu de temps. Nous continuerons la semaine prochaine. Bon, Lorraine, je te remets les armes.

— Tout le monde a son scénario? demanda mademoiselle Avery à la petite troupe des treize comédiens réunis dans le local derrière la scène.

Tous acquiescèrent d'un signe de tête.

— Parfait, reprit-elle. Prenez-en soin comme de la prunelle de vos yeux. Jusqu'à ce que vous ayez mémorisé vos rôles, vous y consignerez des notes pour l'interprétation. Alors si vous le perdez, tout votre travail aura été inutile.

Comme d'habitude, Joey faisait le cabotin et n'arrêtait pas de faire des farces et des commentaires piquants. Louis dut faire un effort de concentration pour l'ignorer et prêter attention aux explications de mademoiselle Avery. Il était tout aussi excité que Joey, mais contrôlait mieux ses émotions. Il avait lu le scénario et avait noté la différence entre son personnage et celui de Joey. Ce dernier, Lucky, était un petit escroc fourbe, voleur, traître et déloyal, un petit Judas, quoi!, tandis qu'Eddy essayait de marcher droit. Et puis, il voulait étudier la relation amoureuse que son personnage d'Eddy entretenait avec Carmen, jouée par Lucie. Jusque-là, Lucie ne l'avait guère intéressé...

De son côté, Stéphanie écoutait sans broncher les remarques de mademoiselle Avery au sujet des répétitions. Elle avait peine à se faire à l'idée de jouer les vieilles dames. C'est ainsi qu'elle imaginait la mère de Carmen, dans la pièce. Pour elle, c'était comme si tous ses camarades se préparaient à la fête et qu'elle devrait les surveiller, leur dire de baisser la musique et de rentrer chez eux à neuf heures. Bref, un rôle d'éteignoir. Elle songea à un moyen de se désister. À des leçons de musique obligatoires, par exemple, ou à une rare allergie à la poussière de scène.

— ... et voilà, nous avons passé tous les détails en revue, disait mademoiselle Avery. J'aimerais maintenant que nous commencions à lire les rôles. Nous n'aurons pas le temps de lire la pièce en entier, mais nous pouvons passer à travers une partie du premier acte. Prenez tous vos scénarios. Lucky, c'est toi qui ouvres le spectacle, dit-elle en s'adressant à Joey.

Chacun à sa manière, les jeunes comédiens réalisèrent qu'ils étaient sur le point de franchir une étape qui changerait leur vie. Ils venaient de s'embarquer sur le navire de l'aventure qui les amènerait en pays inconnu : celui où le clair de lune dévoile des traces de sang!

CHAPITRE 9

Sous le crépuscule hivernal drapé de mauve et d'indigo, Lorraine marchait le coeur serein vers le foyer paternel. Dorénavant, son travail de maître d'oeuvre pour la fabrication des décors de la pièce occuperait toutes ses pensées et apaiserait son esprit.

Dans son sac, une copie du scénario voisinait avec un livre que monsieur Racine lui avait donné. Le titre : *Guide pratique de fabrication de décors scéniques.* Elle songea avec fierté que, une fois les plans dessinés et réalisés, elle en serait l'artisane principale.

Lorsqu'elle pénétra dans l'enceinte du garage, son père était en grande conversation avec Jeff, son adjoint.

— ... veux pas qu'elle reste toute seule, quand je serai parti, tu comprends? expliquait-il sérieusement.

À ces mots, Lorraine ressentit un choc violent au creux de sa poitrine. Quelque chose comme un ballon de football lancé par le quart arrière de l'équipe championne de la coupe Grey.

— Certainement, Monsieur, je comprends. Mais je ne peux...

Apercevant soudain Lorraine, pâle comme la neige dans l'ombre de la porte, il s'interrompit brusquement.

— Ah! Lorraine, fit son père. Allô! Puis, consultant sa montre, il remarqua : Il est tard, il me semble. D'où sors-tu donc?

— J'ai eu une réunion, p'pa. C'est pour une pièce de théâtre à l'école.

Il lui semblait que sa propre voix émanait d'un autre monde, et qu'elle était sur le point de la trahir.

Le visage de son père s'illumina.

— Tu vas jouer dans une pièce? Mais c'est fantastique, ça!

Jeff lui sourit à son tour.

— Hé, tu vas être une actrice, Lorraine? C'est super! Comment trouvez-vous ça, monsieur D? On va avoir une comédienne dans la famille. C'est fantastique!

Lorraine avait peine à en croire ses yeux et ses oreilles. Ils essayaient de cacher leur conversation de tout à l'heure et prétendaient maintenant, par leur réaction, que cette pièce insignifiante était la chose la plus importante du monde. Franchement!... Mieux vaut entendre ça qu'être sourde, songea-t-elle.

Le visage crispé et le coeur serré, elle laissa tomber du bout des lèvres.

— Je ne serai pas actrice, oké? Je ne jouerai pas dans cette pièce. Je vais juste m'occuper du côté technique. C'est moi qui suis responsable des décors et ça va me prendre beaucoup de temps.

La mine réjouie du garagiste fit place à une expression déconcertée.

— Eh bien, Lorraine, dit-il en cherchant ses mots, c'est beau, c'est intéress...

— Tu n'en crois pas un mot, coupa Lorraine d'un ton acerbe. Tu voudrais que je sois une espèce de princesse vêtue de dentelle, une poupée habillée de satin... Eh bien, ce n'est pas le cas. Oké? Tu veux que je sois autonome, n'est-ce pas? Alors, c'est ce que je fais. Et je me fiche de ce que tu en penses. J'ai ma vie à vivre : et ce que j'aime, c'est fabriquer et accomplir des choses! Et, au moins, moi, je suis honnête; je ne m'en cache pas!!!

Elle se précipita aussitôt hors du garage en claquant la porte et s'en fut dans la cuisine où elle s'accrocha le pied dans une chaise. En étendant le bras vers le comptoir, pour reprendre son équilibre, elle frappa du revers de la main une tasse de porcelaine qui alla choir dans l'évier et vola en éclats.

Lorsque, plus tard, après avoir fermé son garage pour la nuit, son père entra à son tour dans la cuisine, les fragments de la tasse brisée étaient toujours dans l'évier, mais Lorraine n'était nulle part en vue. Seul, le son sourd et lointain de la musique lui apprit que sa fille s'était enfermée dans sa chambre. Sans dire un mot, il retira un à un les morceaux de porcelaine de l'évier et les jeta à la poubelle.

Il avait déjà avalé la moitié de son plat de spaghetti quand Lorraine se pointa dans la cuisine.

— As-tu faim? demanda-t-il simplement. Assois-toi.

Lorraine vit qu'il avait dressé la table pour elle.

— Merci, p'pa, fit-elle avec un sourire de gratitude.

Elle glissa un regard en coin vers l'évier, vit que la tasse fracassée avait disparu et se servit une portion de spaghetti. Avant de commencer à manger, elle leva les yeux vers son père.

— Papa?

Jusque-là, monsieur Delacorte, le nez dans son assiette, avait évité soigneusement de poser son regard sur sa fille.

— Oui, Lorraine? dit-il en levant les yeux vers elle.

— Excuse-moi. Je suis désolée.

— Laisse faire. Je crois comprendre.

— Ben... C'est juste que... tu agis d'une façon bizarre, depuis quelque temps.

Il eut un petit sourire oblique, un peu narquois.

— Ah, tu crois que *je* suis bizarre?

— Tu veux dire que... que c'est moi qui suis

bizarre? Qu'est-ce que j'ai fait?

— Un jour, tu seras probablement mère d'une adolescente; là, tu le découvriras.

— Que veux-tu dire?

— C'est trop difficile à expliquer. Tu dois, comme tous les parents, avoir au moins cent ans pour comprendre. Mais laisse tomber. Je suis content que tu t'impliques dans cette pièce de théâtre. Cela me remontera le moral. Bon. Pendant que tu es ici, il faut que je te parle de quelque chose.

Lorraine s'arrêta net de saupoudrer son spaghetti de fromage.

Ça y est. Il va m'annoncer qu'il ne lui reste que deux mois à vivre, songea-t-elle, le coeur battant.

Elle eut envie de s'enfuir dans sa chambre en courant, mais elle était incapable de bouger. Comme hypnotisée, elle ne pouvait non plus détacher son regard du visage paternel. Il lui sembla, tout à coup, que le temps y avait buriné en tapinois des rides supplémentaires. L'inquiétude lui étreignait le coeur.

— Quand donc présentez-vous cette fameuse pièce? s'enquit-il d'un ton calme et affable.

— Euh... la pièce? Euh... fin février. Pourquoi?

— Parce que je voudrais y aller, pardi! Seulement, je ne sais pas si je serai ici dans ce temps-là.

Lorraine crut s'évanouir en entendant ces mots. Elle avait l'impression que ses entrailles s'étaient changées en Jello. Elle réussit cependant à réprimer ses craintes et à articuler :

— Que veux-tu dire au juste? Pourquoi ne serais-tu pas ici? dit-elle avec angoisse. Est-ce que... euh... je veux dire... est-ce... euh est-ce ton... Elle ne put achever sa phrase, tant elle était atterrée.

— Tu veux savoir si c'est mon coeur? Ben non, voyons. Pour l'amour du ciel, Lorraine, cesse de te tourmenter; ce n'est pas ça du tout. Ne t'ai-je pas déjà dit que je suis fort comme un boeuf? Non; j'ai juste pensé partir en voyage.

La Lune serait soudain tombée aux pieds de la jeune fille qu'elle n'aurait pas été plus surprise. En effet, elle ne se rappelait pas que son père fut jamais allé plus loin qu'au centre-ville pour acheter des pièces d'automobile.

— Où ça? finit-elle par s'informer.

— En Corse. Je voudrais aller visiter *notre* village.

Peu à peu, l'état de panique, qui s'était emparé plus tôt de l'adolescente, s'estompa. Cependant, le brouillard de la confusion embrouillait encore son esprit.

— *Notre* village? dit-elle lentement en plissant les yeux. Voyons p'pa! Tu n'y as même jamais mis les pieds. Grand-papa et grand-maman l'ont quitté tout juste après leur mariage, pour venir s'établir ici.

— C'est pourquoi j'aimerais y aller. Nous y avons de nombreux cousins, et des gens qui se souviennent de mes parents y habitent encore. Je... eh bien, je suis maintenant revenu à la santé; mais pendant que j'étais à l'hôpital, j'ai réfléchi à ces choses-là. La famille, la tradition, c'est important, tu sais. Savais-tu que Napoléon était né en Corse? À Ajaccio, plus précisément?

Lorraine continuait de fixer le visage de son père. Tous les signaux d'alarme de la semaine précédente prirent tout à coup leur vrai sens; l'album de photos, les phrases équivoques, les...

— Et le jour où tu as mis ton habit neuf? interrogea-t-elle, de but en blanc, c'était pour...

— J'avais rendez-vous chez un agent de voyages, lui expliqua son père aussitôt. Il faut réserver les billets à l'avance, tu sais. Autrement, ça coûte plus cher.

Soudain, Lorraine prit conscience que sa bouche était aussi sèche que les déserts de Gobi et du Kalahari réunis. Qu'allait-il advenir d'elle? se demanda-t-elle anxieusement.

Son père répondit à sa question muette.

— J'ai pensé t'emmener avec moi, mais je n'en ai pas les moyens. Et puis, tu ne peux manquer l'école si longtemps.

— Tu pars pour combien de temps?

Il esquissa un triste sourire avant de répondre :

— Je t'ai dit que *j'aimerais* aller en Corse. Mais mon départ n'est pas définitivement fixé. Euh... voyons... Si j'y allais, le voyage durerait environ six semaines. Je partirais dans une dizaine de jours et je reviendrais au début de mars. Je te ramènerais le beau soleil de là-bas et les effluves des bleus lumineux qui baignent les cieux, la mer et la terre de Corse, s'exclama-t-il d'un ton rêveur.

— Ce sera long! soupira Lorraine.

— Si je pars maintenant, mon passage aérien est meilleur marché. Et en mars, ce sera le centième anniversaire de mon grand-oncle Jérôme. Je ne voudrais pas manquer ça.

— Alors, pourquoi ne pars-tu pas?

Dans la tête de Lorraine, les rouages du mécanisme de la pensée s'étaient mis en marche. Son père parlait de vacances! De repos! Enfin, il pensait à lui! À faire une chose qui lui plaisait. Il était plus que temps.

— J'avais pensé que Jeff pourrait rester ici pendant mon séjour en Corse, pour prendre soin de toi, mais il dit que ça ne fonctionnera pas.

La conversation entendue quelques heures plus tôt, entre Jeff et son père, revint à la mémoire de Lorraine.

— Pourquoi? questionna-t-elle.

— Il a une nouvelle «blonde» et je crois qu'ils songent à louer un appartement ensemble. De toute façon, il désire passer son temps avec elle, et je ne l'en blâme pas.

— Alors... je pourrais sûrement rester toute seule.

Cette idée était à la fois attrayante et alarmante. Côté nourriture, elle pourrait toujours s'acheter trente ou quarante douzaines d'oeufs et une dizaines de litres de sauce à spaghetti. Mais la solitude serait lourde à porter pour ses jeunes épaules et son coeur d'adolescente.

— Pas question, mon ange.

Elle allait se rebiffer, mais son père ajouta prestement, tout en lui faisant signe de ne rien dire d'un geste de la main :

— Ce n'est pas que tu en sois incapable, Lorraine. Mais je tiens à ce qu'un adulte soit disponible, au cas où tu aurais besoin d'aide. Alors, puisque Jeff n'est pas libre de son temps, je vais annuler ma réservation par téléphone, dès demain. J'irai une autre fois.

— Non! s'écria Lorraine. Ne fais pas ça! J'irai rester chez quelqu'un.

— Chez qui?

— Euh!... Voula! Voula passe son temps à m'inviter. Elle me laisserait sûrement rester chez elle pendant ton voyage.

Monsieur Delacorte regarda sa fille d'un air sceptique.

— Ah oui? Et que diront ses parents, d'après toi?

— Oh! Ça ne les dérangera pas, prétendit Lorraine. Je m'entends très bien avec son père, ajouta-t-elle dans l'espoir de convaincre le sien du bien-fondé de son assertion. De plus, conclut-elle, il est habitué avec des filles de notre âge.

— Oooh! Là, tu me rassures. Autrement, le choc pourrait lui être fatal. Et je ne voudrais pas avoir cela sur la conscience, rétorqua le futur voyageur en souriant un brin.

— Alors, c'est correct? Tu n'annuleras pas ton voyage?

— Pas si tu peux habiter chez Voula. Sinon, j'irai une autre fois.

Lorsque, finalement, Lorraine se mit en devoir d'avaler ses spaghettis, elle se jura intérieurement de s'organiser pour que son père visite la Corse, patrie de ses ancêtres. Et pour ce qui était de convaincre les parents de Voula, eh bien, elle traverserait ce pont quand le temps serait venu.

CHAPITRE 10

Debout au milieu de la scène, un stylo derrière l'oreille, Susie s'affairait, en tant que régisseure, à organiser l'horaire des répétitions, selon les disponibilités de chacun et les exigences de la pièce de théâtre.

À cet instant, Lorraine grimpait les trois marches qui menaient sur le plateau.

— Ah! Lorraine! Réunion de l'équipe technique dans cinq minutes dans l'atelier, oké?

— Hein? Oké!

Tournant les talons, Lorraine s'apprêtait à sortir de scène. Elle fut presque renversée par Joey et Louis qui arrivaient en trombe.

— Alors, disait Louis à son copain, tu veux qu'on t'appelle Lucky? Parfait! Mais moi, je ne veux pas qu'on m'appelle Eddy. Oké, là?

— Voyons, Ed..., je veux dire Louis, mon vieux, en tant qu'acteurs, cela nous aide à nous identifier à nos personnages...

Lorraine les regarda disparaître dans les coulisses et vit alors Voula qui se dirigeait dans la même direction. Elle soupira, rassembla son courage et lui emboîta le pas. Depuis le matin, elle se faisait du mauvais sang au sujet de sa requête auprès de Voula, son amie grecque.

Elle comprenait bien pourquoi son garagiste de père ne voulait pas qu'elle reste toute seule pendant son absence. La télé et les journaux étaient remplis de tristes événements concernant des jeunes filles laissées sans surveillance et qui devenaient des proies de choix pour des criminels en mal de violence ou de méfaits. Mais en même temps, elle se souvenait de l'accueil plutôt froid et de l'attitude sévère, voire austère, de monsieur Grivogiannis. Accepterait-il de l'héberger?

Sinon, elle savait que son propre père annulerait son voyage et cela, elle ne le voulait à aucun prix, car elle était convaincue qu'un repos sous les cieux cléments de Méditerranée, dans l'île de beauté qu'est la Corse, était la meilleure chose qui puisse lui arriver. Elle se prit à rêver qu'il faisait la sieste, dans la montagne, bercé par une brise parfumée de thym et d'amandier, de figuier et de châtaignier où se mêlaient, imperceptibles, un souffle de pin, une touche d'ardoise, un soupçon de romarin et de lavande...

S'éveillant de sa brève rêverie, elle aborda Voula.

— Voula, je veux te parler.

— Oui? Pas de problème.

Rapidement, Lorraine mit sa copine au courant de la situation difficile et embêtante dans laquelle elle se trouvait.

Voula lui prêta une oreille attentive avant de répondre :

— Ah! Lorraine. J'aimerais bien que tu puisses venir demeurer chez nous. Malheureusement, ma grand-mère s'en vient habiter avec nous pendant trois mois, à compter de la semaine prochaine. Il n'y aura donc pas assez de place pour toi. Et même s'il y en avait, je suis certaine que tu ne voudrais pas rester chez nous en même temps qu'elle. Tu sais, elle est très ancienne. Du temps des dinosaures, je crois, soupira Voula. Elle pense que les filles doivent toujours avoir des robes à manches longues, boutonnées jusqu'au cou, et noires de préférence. Que penses-tu de ça?...

Voula continua à pérorer, mais Lorraine ne l'écoutait plus. Où irait-elle donc? Elle était en bons termes avec ses camarades, mais pas plus. Personne ne partageait son amour des machines et de la mécanique; en dehors du garage, elle se sentait à part et gênée. Elle jeta un regard autour d'elle, mais ne découvrit personne à qui elle pourrait demander un abri temporaire de six semaines.

— ... suis vraiment désolée, Lorraine, poursuivait Voula. Peut-être que, lorsque ma grand-mère sera partie, tu pourras venir passer une fin de semaine. Mais ce ne sera pas avant avril.

— Euh... oké. Merci quand même, bredouilla Lorraine.

Ciel! Allait-elle trouver une alternative?

Dans le petit atelier où les outils semblaient avoir livré bataille aux ennemis des Chevaliers de la table ronde, Érica, Épine, Yick, Anguille et Annie accueillirent Lorraine. Ensemble, ils étudièrent les plans qu'ils avaient dessinés pour les différents actes de la pièce. On discuta des décors. Il n'y avait guère de problèmes, sauf pour les changements.

Après avoir écouté ses collègues avancer plusieurs solutions farfelues, Lorraine intervint :

— Voici la solution, dit-elle en se levant. Nous construirons une table tournante géante.

Tous la regardèrent, muets d'étonnement.

— Oui, expliqua-t-elle, une table tournante approximativement de la même grandeur que la scène. Puis, nous diviserons cette table en segments égaux, dans lesquels nous installerons les différents décors.

Un court silence suivit cet énoncé.

— Oké, fit Anguille. Si je comprends bien, chaque scène sera jouée dans une portion de la table. Ce sera un peu comme les pointes d'une tarte. Mais puisque nous avons besoin de cinq décors différents, ne penses-tu pas que chaque segment sera plutôt étroit?

— Et puis, ajouta Épine, nous verrons une partie des autres décors, qui sont supposés être hors de vue pendant qu'on joue un des actes.

Le découragement se peignit sur les traits de Lorraine.

— Ça va fonctionner, ton idée de table tournante, décréta Anguille d'une voix inspirée. Nous n'avons qu'à la diviser en trois sections au lieu de cinq. Regardez!

Il prit un crayon et dessina un grand cercle sur une feuille.

— Pendant qu'un des segments fait face à l'auditoire, les deux autres sont cachés. Oké? Donc, nous pouvons apporter les changements nécessaires. Finalement, ce n'est qu'une question d'accessoires pour transformer l'appartement des Wark en sous-sol ou en cour d'école.

— On n'est pas sortis du bois pour construire une chose pareille, remarqua Estelle.

— J'en suis capable, rétorqua Lorraine. Je sais même où je vais prendre le moyeu à billes pivotant dont nous aurons besoin pour soutenir et faire tourner notre table.

Des regards sceptiques accueillirent son affirmation.

— Écoutez. C'est moi le patron, dit Lorraine en haussant le ton. Alors, c'est moi qui décide. Point final. Nous ferons ce que j'ai dit.

Un silence de stupeur suivit cette décision unilatérale, mais Lorraine fit comme si de rien n'était.

— Yick, reprit-elle, où en es-tu avec les effets spéciaux?

— J'ai les lumières clignotantes pour l'auto de police et un enregistrement de coups de feu. Il me reste encore la sirène et...

— Bon, et le fantôme?

— Je... j'ai... euh... J'ai pas eu le temps d'y penser, bredouilla Yick en clignotant nerveusement des yeux.

— Bien, tu ferais mieux de te grouiller, l'avisa Lorraine d'un ton acerbe. C'est le clou du spectacle! Oh! As-tu noté que ton fantôme a reçu des coups de poignard et qu'il porte dans le dos une couple de blessures sanglantes?

Le jeune Chinois humecta ses lèvres sèches avec sa langue.

— Des... des... c... c... coups d... d... de p... poi... de poignard? bégaya-t-il d'une voix désemparée.

— Hmmm, fit Estelle. Beaucoup de sang, hein? Si tu as besoin d'aide, dis-le-moi, Yick.

— B... bien sûr, répondit-il en reprenant quelque peu son aplomb. Du sang. Ha!ha! Naturellement.

— Tu n'as pas peur que ta plate-forme retombe sur les côtés et qu'elle accroche le plancher? Tu sais avec tous les acteurs et les meubles qui seront dessus, c'est ce qui risque d'arriver. Et là, ça ne tournera pas, tu comprends? expliqua Anguille à Lorraine, au sortir de l'atelier.

— On peut toujours prendre le moyeu d'une roue de camion, non?

— Cela ne change rien au problème. Les bords vont quand même retomber. Il faudrait que la table soit rigide et dure comme de l'acier.

Lorraine s'emporta.

— Écoute, si tu n'aimes pas ma suggestion, pourquoi ne pas l'avoir dit, tout à l'heure? dit-elle d'un ton ulcéré.

— Qu'est-ce que tu racontes? Au contraire, je pense que c'est une excellente suggestion. Je songeais simplement aux problèmes possibles. C'est tout.

— Eh bien, ces problèmes-là sont de mon ressort. Occupe-toi donc plutôt de tes problèmes de lumière et de son, oké?

Décontenancé, Anguille lui lança un regard indéfinissable où se mêlaient le dépit, le souci, la sympathie, la colère et un peu d'amitié.

— Oké. Comme tu veux. À plus tard, patron!

Et, s'éloignant à grandes enjambées, il la laissa seule dans le noir.

Au début de la première répétition, mademoiselle Avery prit la parole.

— Pendant les répétitions, je m'attends à ce que vous vous comportiez comme des pros et non comme des gamins bavards. En d'autres termes, cela signifie de la boucler quand ce n'est pas à votre tour de parler. Est-ce clair? Celui ou celle qui sera incapable de se contrôler sera expulsé(e). Compris? Il n'y a personne d'irremplaçable, vous savez. Et la coopération de tous est essentielle. Vous avez saisi? conclut-elle en regardant les jeunes comédiens à la ronde.

Quelques-uns acquiescèrent d'un signe de tête. Les autres gardèrent le silence. Quant à Joey, qui n'arrêtait pas de se «faire aller la margoulette», il fit mine de rien, comme si les commentaires de mademoiselle Avery ne le concernaient nullement.

— Bon, parfait. Maintenant, nous allons nous familiariser avec la scène. Je vais vous montrer des exercices de relaxation pour la langue, la gorge et la bouche. Il faut que vous appreniez à être à l'aise sur les planches. Plus tard, nous ajouterons les projecteurs et les micros. Bon! Nous allons nous séparer en deux groupes. Un avec moi, l'autre avec Susie, et nous travaillerons quelques scènes. Avez-vous des questions? Non? Alors, allons-y. Et apportez votre scénario.

— ... et maintenant que vous êtes détendus, essayez d'entrer dans la peau de votre personnage. Cela ne se fera pas en un clin d'oeil, bien entendu. Vous devrez y travailler. Vous savez, être un acteur ne signifie pas seulement adopter la bonne pose et réciter le rôle sans se tromper. Cela veut dire *devenir* le personnage que vous incarnez. Quand vous jouez, oubliez qui vous êtes pour vraiment devenir Carmen ou Eddy ou madame Wark. C'est une transformation complète. Mais pour l'instant, cela n'est pas encore possible puisque nous commençons à peine à répéter. Vous verrez, cela deviendra plus facile à mesure que vous mémoriserez votre texte. Conséquemment, j'espère que vous saurez tous vos rôles par coeur à la fin du mois. Oké; ceux qui apparaissent dans la scène 1 de l'acte II, vous allez travailler avec Susie dans l'autre pièce. Les autres resteront ici avec moi pour lire le scénario et apprivoiser leur personnage. Il nous faudra travailler jusqu'à ce que le climat soit juste pour que, pendant les représentations, il se crée une complicité magique entre vous, les acteurs, et les spectateurs. C'est la grâce que je vous souhaite, mes enfants, conclut mademoiselle Avery.

CHAPITRE 11

Dans la salle des cases, Arthur attendait que Yick réussisse à ouvrir sa porte pour prendre son anorak.

— Je voudrais bien savoir ce qu'on ressent quand on est vraiment pauvre, annonça-t-il. Sinon, ce sera impossible de comprendre nos personnages.

Yick lui lança un coup d'oeil interrogateur. Il avait, avec sa famille, fait partie des «boat people». Inutile de dire qu'il n'avait guère envie de parler de pauvreté, lui qui avait connu le dénuement le plus complet... Il réussit à ouvrir la porte de sa case et, aussitôt, fit un saut en arrière. Les yeux hagards et la bouche ouverte, il avait l'air affolé.

— Hé, Art, balbutia-t-il, dis-moi qu... que c'est toi qui as fait ça.

— Fait quoi? dit Arthur en s'approchant.

Risquant un coup d'oeil par-dessus l'épaule de son ami, il aperçut, sur le tas d'objets et de débris empilés dans la case, un bâton de dynamite! En y regardant de plus près, il vit qu'il s'agissait d'un tube en carton provenant d'un rouleau de papier essuie-tout, peint en rouge. À un bout, était installée une petite mèche en corde, rouge elle aussi, et sur le bâton, des lettres noires dessinées épelaient le mot «DANGER».

Yick se gratta la tête. Comment se faisait-il que cette chose se retrouvât dans sa case? Son ami Arthur recevait-il l'aide d'un Merlin moderne à l'humeur taquine? Sinon qui donc s'amusait à lui jouer ces tours mystérieux? Car ce n'était pas la première fois qu'il voyait, dans sa case, la manifestation tangible d'un esprit farceur ou plaisantin. Cet esprit appartenait-il à l'un de ses camarades terrestres ou à un être des mondes invisibles?

— Tu es certain que ce n'est pas toi? interrogea Yick de nouveau.

— Certain. Je le jure. Ta case était-elle bien fermée?

— Ben... oui, fit Yick en montrant le cadenas neuf qu'il avait en main.

— Quelqu'un doit en avoir trouvé la combinaison, mon vieux. Autrement...

— Quoi?

— Ta case est peut-être une trappe secrète qui conduit de notre monde à un monde parallèle. Peut-être qu'un anneau de Mobius invisible y passe, suggéra Arthur, qui avait vu cela dans une émission télévisée de science-fiction.

Yick lui lança un regard perplexe. À ce moment, monsieur Racine, qui passait par là, s'approcha d'eux.

— Oh, oh! Je vois que tu prends ton rôle de responsable des effets spéciaux très au sérieux, dit-il en voyant le faux bâton de dynamite dans la main de Yick.

Ce dernier ouvrit la bouche pour répondre au professeur, mais se ravisa. Cela risquait d'être assez difficile à expliquer. Il se contenta donc d'acquiescer, avec ce sourire énigmatique particulier aux Asiatiques.

— Euh... oui, Monsieur.

En sortant de l'école, il fit part de son inquiétude à Arthur.

— Crois-tu que je pourrais demander une autre case, si la mienne est hantée?

Au-dessus de leur tête, le ciel roulait d'épais nuages gris, renfermant la menace d'une pluie verglaçante. Sous cette température plus douce que la normale, même les bancs de neige semblaient affaissés. Côte à côte, les deux garçons cheminaient dans la gadoue.

Toujours obsédé par l'idée de la pauvreté, Arthur questionna son copain.

— As-tu déjà été pauvre, Yick?

— Ben... ouais. Pendant un bout de temps.

— Comment était-ce?

Yick réfléchit pendant un moment.

— Eh bien, nous n'avions rien. Rien du tout.

— Oui mais, comment était-ce?

— Écoute, mon vieux. Si tu veux apprendre à penser comme un pauvre, c'est ton problème. Moi, j'ai d'autres chats à fouetter.

Ils arrivaient en face du dépanneur où leurs routes divergeaient. Chacun s'en fut donc chez lui.

Chemin faisant, Yick se remémora les histoires de fantômes, de spectres et de revenants dont il avait entendu parler, au Vietnam, dès sa plus tendre enfance. Et si je fabrique un fantôme imaginaire, songea-t-il, cela n'encouragera-t-il pas les *vrais* fantômes à se manifester? Cette idée était fort troublante. D'autant plus que son grand-père lui avait déjà dit qu'il était possible de faire appel aux esprits. Il lui avait aussi enseigné que, selon la tradition, les mauvais esprits et les spectres malfaisants, pouvaient être chassés avec...

Ce souvenir ramena le sourire sur le visage de Yick, qui, illico, établit dans sa tête une stratégie infaillible...

Arthur, de son côté, arriva chez son père. En catimini, il sortit de son sac la boîte de conserve qu'il avait achetée chez le dépanneur. Son père n'était pas encore là. Il était donc seul pour tenter une expérience que l'auteur de ses jours aurait sans doute désapprouvée.

Il alla à la cuisine, prit l'ouvre-boîte dans le tiroir et ouvrit précautionneusement la boîte de nourriture pour chien à «saveur de ragoût de boeuf» qu'il venait d'acquérir. Sur l'étiquette, l'image d'un chien se léchant les babines était imprimée.

À contre-coeur, Arthur souleva le couvercle métallique de la canette ouverte. Une masse brune et gélatineuse tremblotait sous ses yeux. Lentement, il prit une cuillère dans le tiroir et, plus lentement encore, il la plongea dans la masse gélatineuse. L'odeur qui s'en dégageait ressemblait étrangement à celle d'un ragoût de boeuf. Mais, songea Arthur, de quels ingrédients s'était-on servi pour fabriquer ce «ragoût» destiné à la consommation canine?

Tout en réfléchissant à la chose, il prit un bol et y vida le contenu de la boîte de conserve. Pendant un long moment, il resta debout à contempler cette gibelotte informe et visqueuse. Tout à coup, il lui vint à l'esprit qu'il devait passer chez sa mère pour y prendre une lettre destinée à son père.

Il remit donc à plus tard sa «dégustation» expérimentale. Ayant trouvé dans l'armoire un bol en plastique, il y versa la nourriture pour chien, mit le couvercle dessus et déposa le tout sur une tablette du réfrigérateur.

Il jeta ensuite la boîte de conserve vide, remit l'ouvre-boîte à sa place et sortit. Une fois dehors, il se sentit soulagé d'un grand poids. Cet exercice, pour mieux entrer dans la peau de son personnage, s'était avéré plus difficile qu'il ne l'aurait cru.

Une tempête d'émotions faisait rage dans le coeur de Stéphanie pendant qu'elle retournait chez elle. Elle avait été tellement absorbée par le fait que Lucie ait décroché le rôle de Carmen, qu'elle avait totalement oublié Angel, la rivale de Carmen, jouée par Érica.

Maintenant, cette dernière semblait avoir jeté son dévolu sur le beau Louis. Était-ce seulement pour entrer, elle aussi, dans la peau de son personnage, que la jumelle d'Estelle faisait les yeux doux à Louis? Elle l'ignorait. Mais une chose était certaine, elle détestait cette pièce. Ah! Plût au ciel que personne ne l'eût tirée de l'oubli. Hélas, elle ne pouvait retourner dans le temps et défaire ce qui avait été fait. Elle devait donc faire contre mauvaise fortune bon coeur.

Quelle ne fut pas sa surprise, en arrivant à la maison, de trouver Arthur, confortablement assis devant la télé, en train de grignoter des biscuits aux brisures de chocolat.

— Que fais-tu ici, s'enquit-elle avec étonnement. Ce n'est pas ta fin de semaine de visite?

— Je suis juste venu chercher le courrier de papa, mais je ne le trouve pas.

— Arthur, tu es une vraie tête de linotte. Tu ne te rappelles pas? Tu le lui as apporté la semaine dernière.

— Ah oui? fit l'adolescent d'un air stupéfait. Un vague souvenir remonta tout à coup à la surface de sa mémoire.

— Hon! Je pense que oui, en effet.

— Bon, eh bien, dépêche-toi de décamper. Sinon, tu vas être en retard pour le souper.

— Oké... je m'en vais... Euh!... toi, ça va bien?

— Pourquoi? fit Stéphanie, l'oeil farouche et la voix agressive.

— Tu as l'air fâchée. Je dirais même plus, tu as l'air hostile, répliqua Arthur.

— Bon, oui, mais tu n'y comprendrais rien, rétorqua Stéphanie qui, d'un pas déterminé, voire martial, s'en fut dans sa chambre.

Ah! Seigneur! Une discussion avec son frère cadet qui, aussi incroyable que cela puisse paraître, était parfois son fils, était bien la dernière chose au monde dont Stéphanie avait besoin en ce moment.

De retour chez son père, Arthur trouva ce dernier installé à la table de la cuisine. Il lisait avec attention les résultats des parties de hockey dans la section sportive, tout en avalant distraitement les bouchées de son souper.

— Salut fiston, ça va? Oh, à propos! Merci pour le souper.

Arthur figea instantanément.

— Comment ça, articula-t-il faiblement.

— J'ai trouvé le ragoût que tu as concocté. J'ignorais que tu savais cuisiner, mon garçon.

Prends-toi une assiette, je t'en ai gardé.

Une petite main de fer semblait avoir agrippé la gorge d'Arthur et la serrait de l'intérieur.

— Merci, mais je n'ai pas faim pour l'instant. Peut-être plus tard.

— Comme tu voudras, mais tu manques quelque chose. C'est vraiment délicieux, dit le père en portant une autre bouchée à ses lèvres. Hmm! reprit-il après l'avoir avalée, il faudra que tu me donnes cette recette, un beau jour.

— Heu... Impossible, p'pa. C'est un secret du chef!

CHAPITRE 12

Debout devant sa case, Lucie mémorisait quelques lignes de son rôle, en les répétant à voix haute, tout en fermant les yeux.

— Eddy, je t'attendais depuis toujours... Je t'attendais depuis toujours...

Un bruit métallique, tout près d'elle, lui fit ouvrir les yeux. Lorraine venait d'ouvrir à son tour la porte de sa case.

— Pourquoi ne répètes-tu pas avec Louis, remarqua-t-elle, ce serait sans doute plus agréable.

— Oui, mais il est comme un lièvre farouche avec moi. Tu devrais le voir, pendant les répétitions; quand mademoiselle Avery lui dit de s'approcher de moi, il fige. On dirait qu'il est gelé.

— Tu pourrais peut-être le dégeler? suggéra Lorraine en souriant.

— Ça n'arrangera pas les choses s'il veut vraiment garder ses distances; et puis...

Elle s'interrompit pour jeter un coup d'oeil vers Stéphanie qui conversait avec les jumelles, à l'autre bout du corridor. Lorraine suivit le regard de Lucie.

— Ah, Stéphanie? Mais elle ne sort pas avec Louis.

— Non, mais elle le voudrait bien. Alors...

L'arrivée de Voula interrompit la conversation.

— Salut vous deux, dit-elle. Oh! Lorraine, as-tu trouvé un endroit où demeurer?

Cette question hantait la jeune fille, qui en perdait presque le sommeil pour tenter de la résoudre.

— N... n... non. Je n'ai encore demandé à personne.

— Pourquoi faire, un endroit où demeurer? s'enquit Lucie.

— Son père part en voyage pendant six semaines et elle ne peut rester chez nous à cause de Tu Sais Qui, répondit Voula qui, depuis que sa grand-mère était arrivée, se présentait en classe tout de noir vêtue. Pour plaire à l'aïeule, elle se couvrait maintenant des oreilles aux orteils de sombres vêtements opaques et lissait ses cheveux de jais qu'elle attachait à la nuque.

— Ça ne fait rien, reprit Lorraine. Ne t'inquiète pas. Seulement, ne dis rien à mon père, oké? Pas un mot!

— Tu veux dire que tu vas rester au garage toute

seule?

— Que puis-je faire d'autre? Il part demain. Mais s'il apprend la vérité, il ne voudra pas s'en aller et il va manquer son voyage. Et cela lui tient tellement à coeur! Il faut absolument qu'il parte! Alors, si tu le vois, s'il te plaît, garde le silence. Motus et bouche cousue, comme diraient les deux Dupont.

— Botus et mouche cousue, fit Voula en riant. Bon, oui mais...

— Il faut que je m'en aille, maintenant, dit Lorraine qui, soudain, avait l'air énervée. J'ai plein de choses à faire.

Tristement, Voula la regarda s'éloigner pendant que Lucie, arborant un air songeur, murmura :

— J'ai une idée...

Pendant ce temps, deux minutes avant le début du cours, Joey grimpait à toute vitesse l'escalier qui menait à l'étage supérieur où se trouvait sa case. Sur le palier du haut, il se heurta à Louis.

— Salut, ça va?

— Hmph! ronchonna Joey qui semblait habité par de sombres pensées.

Sur-le-champ, Louis sut que son copain rongeait son frein, mais il aurait été bien en peine de dire à quel sujet. Et Joey n'avait pas desserré les dents. Était-il toujours son ami?

En réalité, ce qui tracassait Joey et chatouillait son ego, c'était le rôle qu'on lui avait attribué. Il avait cru que Lucky, son personnage, était un gars «cool», victime de la pauvreté et de la société. Mais, après avoir lu la pièce avec attention, il s'était aperçu que tel n'était pas le cas. Lucky était, en fait, un personnage peu reluisant. Un fieffé coquin qui escroquait les gens et se servait d'eux pour exécuter ses sombres desseins. Il pataugeait dans le commerce de la drogue et avait même résolu de dépouiller son meilleur ami de l'amour de Carmen. Il avait cru que Lucky, à cause de son nom, aurait été le héros de la pièce parce qu'il était le chef des Cannibales. Mais c'était un être abject, un voyou, un faux-jeton, une vieille chaussette puante et trouée, une ordure, bref un misérable petit bandit de bas étage qui avait même assassiné Sharkey le Requin.

Joey avait l'impression de s'être fait passer un sapin, et la chose le démoralisait au plus haut point. Lui avait-on donné ce rôle à cause de son comportement à l'école? Il savait bien qu'il était souvent «dans le trouble». Les gens pensaient-ils qu'il était comme le personnage de Lucky? Ses amis le percevaient-ils comme il le croyait? Quelle image avaient-ils de lui?... Étaient-ils vraiment ses amis?...

La cloche du début des cours interrompit sa rêverie. Il était seul dans la salle des cases et, comme de raison, il serait encore en retard. Il soupira. Si, vraiment, il était le «vilain» de la classe, cette dernière entorse au règlement n'améliorerait certainement pas son image.

L'équipe technique était réunie dans l'atelier autour d'une Lorraine d'humeur massacrante. Énervée par les pronostics d'une table tournante peut-être inutilisable, elle en contemplait le chantier d'un air lugubre et vitupérait contre tout le monde.

Elle avait trouvé, au début des travaux, un casque de construction orné d'un gorille, sur une des tablettes de l'atelier, et se l'était mis sur le crâne à la place de son habituelle casquette de garagiste.

L'arrivée de Yick, qui tenait à la main un sac de papier brun, fit diversion.

— Où étais-tu? glapit Lorraine. Tu es en retard, toi aussi. Personne ne prend le travail au sérieux. Tout le monde s'en fout.

— Je suis juste allé chercher du ruban d'électricien, fit Yick, imperturbable, en apparence. Nous en avons besoin pour suspendre les lumières de police.

— Tu aurais pu me le dire, reprit Lorraine sur le même ton. On aurait pu avoir besoin d'autres choses, au magasin... et tu aurais pu l'apporter. Vous ne comprenez donc pas que nous devons travailler en équipe, si nous voulons finir à temps?... Et où est Épine?

Personne ne répondit. Yick continua à regarder Lorraine sans ciller. Elle l'apostropha :

— Bon, ben, vas-y poser tes satanées lumières! Faut-il donc tout te dire? Et toi, Jean, tu vois ce tas de bois, vociféra-t-elle en pointant son index vers le bois blond empilé dans un coin. Coupe-moi quatorze morceaux de 3 mètres 10 chacun. Et prends tes mesures deux fois avant de scier! La dernière fois, tu as sans doute mesuré avec un pied-de-roi. C'était tout de travers. Bon, ben, grouille-toi!...

Lorsqu'elle arriva chez elle, bien après l'heure du souper, Lorraine était exténuée. Trop lasse pour manger, elle alla s'asseoir près de son père qui étudiait une carte de la Corse étalée devant lui.

— Salut p'pa, fit-elle avec un brave sourire pour cacher sa fatigue. Tu es en train de dresser ton itinéraire?

Il la regarda en silence par-dessus ses lunettes.

— Tu pars demain, n'est-ce pas? N'oublie pas, tu as promis de rapporter une bouteille de vin de *notre* village.

Le garagiste déposa sa carte sur un tabouret.

— Lorraine, tu sais très bien que je reste ici.

— Quoi? fit la jeune fille en sursautant.

— Tantôt, j'ai téléphoné à monsieur Grivogiannis, histoire de confirmer ton séjour chez lui pendant mon absence. Il m'a dit que tu ne pouvais habiter là et que tu n'avais pris aucun arrangement dans ce but.

Pétrifiée, Lorraine fixait son regard sur lui sans mot dire.

— Que comptais-tu faire, reprit son père. Rester ici toute seule?

— Je... j'ai demandé à Voula, balbutia l'adolescente. Je te le jure. Seulement, c'était impossible à cause de la venue de sa grand-mère. Écoute, papa. Je suis capable de prendre soin de moi. Ce voyage est important pour toi. Tu dois y aller!

Il secoua négativement la tête.

— Non! Pas question. J'irai une autre fois. L'oncle Jérôme attendra bien une autre année avant de quitter cette planète pour un monde meilleur.

À cet instant, le téléphone sonna.

— J'y vais, dit-il. Toi, mange donc un petit quelque chose.

Mais l'appel était destiné à sa fille.

Encore estomaquée, Lorraine porta le récepteur à son oreille.

— Allô?

— Lorraine? C'est Lucie. Ouvre bien tes oreilles. Je ne t'en ai pas parlé cet après-midi, car il fallait que je demande d'abord la permission à maman. Et elle a dit oui. Lorraine, tu peux venir rester chez nous si tu veux. Ici, c'est bien assez grand.

— C'est vrai? fit Lorraine dont le visage s'épanouit en un large sourire. C'est fantastique, je crois halluciner. Lucie, je t'embrasserais. Mais, euh... écoute... veux-tu parler à mon père, s'il te plaît? Parce que moi, il ne me croira peut-être pas...

Le lendemain matin, après des adieux émouvants, Frank Delacorte s'envola vers la Corse et, le même soir, Lorraine déménagea ses pénates chez Lucie, qui lui remit une clé de sa maison.

CHAPITRE 13

— Oké, Eddy. Après cette tirade, tu quittes la scène. Sortie côté cour.

Louis fouilla du regard la pénombre de l'auditorium où mademoiselle Avery était assise.

— Tout de suite? interrogea-t-il.

— Naturellement, tu sors à la suite de Carmen. Allez ouste!

Louis tourna les talons et rejoignit Lucie dans les coulisses.

— Tu en veux? dit cette dernière en lui offrant un verre de cola qu'elle était allée chercher à la cafétéria avant la répétition.

Avant qu'il n'ait eu le temps de répondre, Stéphanie émergea de l'ombre.

— Bonjour Louis, dit-elle d'une voix de miel en lui coulant son sourire le plus radieux.

— Salut Steph, fit Lucie. J'ignorais que tu étais là.

— Comme de raison, répliqua Stéphanie. J'attends juste mon signal d'entrée en scène. Puis tournant vers Louis un regard enjôleur, elle enchaîna :

— J'adore ton chandail des Cannibales. Il te fait paraître plus rude... euh... plus viril.

— Oh! Steph! C'est ta réplique pour entrer en scène, l'avisa Lucie.

— Ah oui? Bon, j'y vais. À tout à l'heure, Louis.

Après la répétition, mademoiselle Avery réunit tous les protagonistes de la pièce sur le plateau.

— Mettez-vous à l'aise, leur dit-elle. J'ai plusieurs choses à vous dire. Dans l'ensemble, ça va assez bien. Avec de la chance et des efforts, nous pourrons sans doute être prêts pour la première. La plupart d'entre vous semblent maîtriser leur rôle. Mais, Joey et Stéphanie, vous devrez travailler sérieusement à mémoriser vos textes. Déjà, nous devrions nous attaquer à la mise en scène sans être entravés par le manuscrit. Alors, mettez-vous-y! En général, vous semblez avoir compris le caractère de vos personnages. C'est bien. Lucie, tu nous fais voir une Carmen rêveuse et romantique, mais rappelle-toi qu'elle se sent acculée au mur et frise le désespoir. Comprends-tu?

— Oui. Comme si c'était sa dernière chance.

— C'est ça. Jusqu'à l'arrivée d'Eddy, elle se savait condamnée. Avec lui, naît pour elle une lueur d'espoir et de chance. Aussi la saisit-elle et s'y agrippe-t-elle de toutes ses forces, mais elle se rend compte qu'elle peut tout anéantir si elle s'accroche trop.

— Oké, acquiesça Lucie.

— Louis. D'habitude, tu ne manques ni d'audace ni d'assurance. Mais lorsque tu es près de Carmen, tu te métamorphoses en chaton peureux.

Un rire général accueillit cette remarque.

— Elle ne te mordra pas, poursuivit mademoiselle Avery. Autrement dit, tu dois te montrer plus hardi, plus crâneur. Oké? Joey, ton interprétation de Lucky est dans la note. Stéphanie, ton personnage n'a pas encore pris forme. Comment cela se fait-il?

L'adolescente hésita, à la recherche d'une excuse. Avant qu'elle ait pu en trouver une, mademoiselle Avery reprit :

— Madame Wark, la mère de Carmen, connaît exactement les sentiments de sa fille. Elle se rappelle comment elle se sentait, à l'âge de Carmen, car elle a éprouvé la même chose. Mais elle s'est fait prendre au piège. Elle désire donc que sa fille connaisse un meilleur sort et ne sait pas si cela est possible. Son dilemme : Doit-elle ou non encourager les sentiments de Carmen envers Eddy? Si tu peux t'en souvenir et mémoriser ton texte pour la semaine prochaine, tu feras de moi la directrice artistique la plus heureuse de l'école. Oké?

— Oké. Pas de problème.

— Bon. C'est tout pour aujourd'hui. Vous pouvez disposer.

Les membres de la petite troupe se levèrent et commencèrent à se disperser.

— Stéphanie! Encore une chose. Garde en tête que les femmes comme madame Wark sont fatiguées, usées par la vie. Pense à la fois où tu t'es sentie le plus exténuée et multiplie cette sensation par deux ou trois. N'oublie pas; cela te demande un effort pour mettre un pied devant l'autre. Cela t'épuise de traverser le salon ou la cuisine. C'est presque un effort de respirer! Oké?

Stéphanie agréa. La chose lui serait facile, elle était déjà fatiguée de toute cette histoire.

Lorsqu'elle arriva dans la loge, Louis avait revêtu son blouson et attendait à la sortie. À l'intérieur, Lucie s'apprêtait à quitter les lieux. Stéphanie s'approcha d'elle.

— Je suppose que tu t'en vas répéter chez toi avec Louis? lui dit-elle.

— Nous allons juste prendre un Coke, Steph. Y'a rien là, voyons, répondit Lucie en lançant un coup d'oeil vers la porte entrouverte.

— Ouais, ouais. Juste un Coke. Puis après, vous irez chez toi, et je suppose que vous serez seuls, tous les deux, parce que tes parents ne sont presque jamais là, hein? Eh bien, Lucie, tu sauras que Louis et moi étions très liés, avant les vacances de Noël. Si tu penses utiliser cette stupide pièce de théâtre comme prétexte pour attirer Louis et le séduire, laisse-moi te dire que...

Les yeux de Stéphanie s'emplirent soudain de grosses larmes chaudes et salées. Le coeur en charpie, elle saisit son manteau à la hâte et sortit en trombe. Lucie la suivit à petits pas. Rendue près de Louis, qui l'attendait toujours, elle se désista.

— Écoute, Louis. J'avais oublié. J'ai un rendez-vous avec ma travailleuse sociale, cet après-midi. Alors, je ne pourrai rester longtemps avec toi. Oké?

— Tu veux dire qu'on ne pourra pas répéter ensemble, après?

— Pas aujourd'hui. Une autre fois, peut-être...

C'était l'une des fins de semaine qu'Arthur allait passer chez sa mère. C'est pourquoi Stéphanie permit à son frère de l'accompagner pendant le trajet qui menait de l'école à la maison. Jamais, au cours du trimestre précédent, elle n'aurait toléré la présence d'Arthur à côté d'elle. Non, elle l'aurait rabroué avec virulence. Mais aujourd'hui, après sa sortie contre Lucie, elle se sentait trop lasse pour faire violence même à un chiffon-J mouillé. Encore moins à Arthur. Et puis, à travers cette expérience douloureuse, elle découvrait qu'un ami — même un frère — pouvait parfois s'avérer un grand réconfort.

Après le repas du soir, Arthur demanda :

— Puis-je regarder la partie de hockey à la télé? Les gens pauvres aiment bien regarder le hockey.

Sa mère s'appuya sur le dossier de sa chaise, tout en sirotant son thé.

— Est-ce dans votre pièce de théâtre, ça? Et que dis-tu des gens pauvres qui lavent la vaisselle, mon garçon?

— Les pauvres n'ont pas de vaisselle, rétorqua Arthur. Ils mangent des aliments en conserve avec leurs doigts.

— C'est correct, maman. Je m'en occupe, intervint Stéphanie.

Et elle entreprit de débarrasser la table.

— Merci Steph, fit Arthur avant de disparaître dans le salon.

Tout en continuant de siroter son thé à petites gorgées, madame Kaye demanda à sa fille ?

— Et votre pièce, comment ça va?

Stéphanie fit une moue :

— Pas trop bien.

—Comment ça, pas trop bien?

— Je n'aime pas jouer la comédie, je pense.

— Mmm, pourtant, avant de commencer les répétitions, cette idée semblait t'enchanter. Ne serait-ce pas plutôt à cause de ton rôle?

— Eh bien... euh... peut-être. Puis, elle explosa. Je ne me sens pas comme une mère. Comment puis-je être la mère d'adolescents de mon âge?

— Oh, je pense que tu pourrais être une très

bonne mère, Steph.

— Oui, mais je n'en ai pas envie! gémit-elle.

Madame Kaye scruta le visage de sa fille avec attention avant de répondre.

— Penses-tu, dit-elle d'une voix calme et douce, que les mères ont toujours le goût de prendre soin de leurs enfants? De les habiller le matin? De les nourrir? De voir à ce qu'ils fassent leurs devoirs? De laver la vaisselle, acheva-t-elle en portant son regard sur l'assiette que Stéphanie avait en main.

— Je ne sais pas... euh... je suppose que non.

Sa mère se versa une autre tasse de thé.

— Écoute, ma chouette. Je ne veux pas te faire la morale, mais souvent, être un parent signifie que nous devons faire des choses qui ne nous tentent pas, simplement parce qu'il le faut. Ce n'est pas toujours de tout repos, crois-moi. Mais cela ne peut être autrement. L'éducation de nos enfants, c'est notre responsabilité.

En souriant, elle enchaîna :

— Quand ça va bien, nous nous rappelons que nous faisons ces choses parce que nous aimons nos enfants. Mais la plupart du temps, nous n'y pensons même pas. Nous accomplissons simplement notre devoir. C'est tout. Tiens, dit-elle en se levant, je vais te donner un coup de main. Veux-tu laver ou essuyer?

CHAPITRE 14

— Nous rappelons à tous les étudiants que notre pièce de théâtre *Clair de lune sanglant* ne sera à l'affiche que quatre soirs, annoncèrent les haut-parleurs du système d'intercom de l'école.

L'énorme colis que transportait Yick, ce matin-là, lui bouchait complètement la vue. Tellement qu'Arthur dut le guider pour qu'il réussisse à passer la porte qui menait à la salle des cases, sans se cogner contre les murs.

— Qu'est-ce que c'est? demanda-t-il au jeune Chinois.

— Un fantôme, répondit Yick, un fantôme de scène, s'empressa-t-il d'ajouter en appuyant sur les mots : de scène.

Ils s'arrêtèrent à la case de Yick. Aussitôt, ce dernier se mit en devoir de fouiller dans ses poches. Après en avoir extirpé des stylos, des pièces de monnaie, un bout de corde, trois élastiques, une vieille correspondance d'autobus et un peigne, il sortit un petit papier froissé qu'il consulta attentivement. Puis, il pressa les boutons chiffrés de son cadenas qui s'ouvrit avec un déclic.

— Je n'ai pas encore mémorisé les chiffres de ma nouvelle combinaison, expliqua-t-il à Arthur, en ouvrant la porte toute grande.

La stupéfaction la plus complète se peignit alors sur son visage aux traits asiatiques. La bouche béante et les bras ballants, il fixait l'intérieur de sa case d'un oeil incrédule.

Trônant au sommet du fouillis habituel contenu dans son placard métallique, un gros ananas en plastique, portant un chapeau orné de petits fruits, également en plastique, le regardait de ses yeux de vitre globuleux; une bouche peinte en rouge sur le fruit complétait ce totem étrange.

— D... dis-moi que tu es l'auteur de cette plaisanterie, balbutia Yick, devenu tout pâle.

— Voyons, rétorqua Arthur, j'ignore la combinaison de ton cadenas.

— Alors, ça vient d'où, ça? demanda Yick tout en scrutant le masque bizarre.

À voir son visage, on devinait qu'il eût volontiers brûlé le tout sans l'ombre d'un regret.

— Plus j'y pense, plus je crois que ta case sert d'entrée secrète à des êtres des mondes parallèles, fit Arthur.

À contre-coeur, Yick s'approcha juste assez pour suspendre son veston, saisit la «chose» comme s'il se fut agit d'une bombe amorcée et referma la porte de sa case.

— Ouais, marmonna-t-il, des esprits parallèles tordus.

Lorsque Yick pénétra dans l'atelier derrière la scène avec son gros colis, toute l'équipe fit cercle autour de lui.

Il défit l'emballage de papier brun. Plusieurs petits colis y étaient empaquetés. Le plus volumineux contenait un imperméable en plastique transparent et un autre en plastique noir.

— Voilà le corps du fantôme, expliqua Yick. Nous enfilerons l'imperméable transparent par-dessus le noir. De cette façon, la plaie sanglante ne sera visible que lorsque le fantôme tournera le dos à l'assistance.

Il déballa un petit colis.

— Ceci, dit-il en exhibant des ballons blancs, servira à fabriquer la tête du fantôme. Nous pourrons y peindre un visage avec des cosmétiques. Puis, nous y ajouterons ceci, ajouta-t-il en agitant une espèce de perruque orange et vert fluorescent.

Les autres paquets contenaient des poulies et un gros rouleau de fil de nylon dont se servent les pêcheurs pour pêcher la truite grise en eau profonde.

Nerveusement, Yick lança un coup d'oeil à la ronde.

— Qu'en pensez-vous?

— Louis aura-t-il peur d'un imperméable? questionna Annie.

— Hmmm! Je crois bien que ça marchera, émit Jean. Il fera assez noir sur la scène, à ce moment-là...

— Noir! s'écria Anguille d'un ton inspiré. Eurêka! Nous utiliserons une lumière noire... Jean, tu es un génie... Oui, avec une lumière noire, cela n'aura pas l'air d'un imperméable. Et la perruque fluorescente brillera comme un projecteur orientable. Je parie qu'il existe des cosmétiques pour la lumière noire... Aaaah! Du sang rouge fluorescent sous les radiations ultraviolettes!... Le résultat sera saisissant. Ça va faire dresser les cheveux sur la tête des spectateurs.

Pendant tout le temps qu'avait duré cette scène, Lorraine était restée muette. Elle se faisait du souci au sujet de sa table tournante en contreplaqué.

— Oui, dit-elle. J'aime bien l'idée de la lumière noire. Excellent! Mais ton spectre, Yick, sera-t-il silencieux?

La question prit le jeune homme par surprise. Il n'avait pensé qu'à l'apparence du fantôme; pas du tout aux sons qu'il pourrait émettre.

— Je ne sais pas, admit-il. Ça fait quoi, un fantôme?

— Oh! Ça gémit, ça hurle, ça se lamente, fit Annie.

— Je... mm... euh... je ne sais pas très bien

gémir ni hurler, répliqua Yick d'un air malheureux.

— On pourrait peut-être enregistrer quelque chose, suggéra Anguille. Mais ce serait mieux si c'était en direct.

— Imagine que le fantôme s'approche de toi et t'entoure le cou de ses longs doigts glacés. Ne lancerais-tu pas un cri déchirant? s'enquit Annie d'un ton où perçait un frisson de délice.

Yick s'éloigna d'elle aussitôt.

— Je ne peux pas hurler, décréta-t-il en déformant la vérité pour se sortir de cette impasse. C'est héréditaire. Toute ma famille est ainsi.

Lorraine porta son regard sur Anguille.

— Ne pourrais-tu mettre tes talents de guitariste à notre service? lui dit-elle.

Le grand adolescent éclata de rire.

— Hé! Notre musique n'est pas si mauvaise, Lorraine. Mais tu as peut-être raison. Je pourrais faire gémir la basse de Louis et faire crier ma guitare. On pourrait peut-être trouver un son, sur le clavier de Joey, qui ressemble à des lamentations d'outre-tombe...

Lorraine réfléchit un moment et reprit :

— Et penses-tu pouvoir nous installer une lumière noire?

— Pas de problème. Y'a rien là!

— Oké, nous avons notre fantôme, conclut Lorraine. Merci Yick. Tu pourras l'essayer aussitôt qu'Anguille aura installé sa lumière ultraviolette. Et ça, qu'est-ce que c'est? s'enquit-elle en pointant son index vers un petit paquet encore emballé, près de l'imperméable.

— Oh, rien! répondit Yick aussitôt.

Il s'en empara prestement et l'enfouit dans sa poche. Puis il ramassa toute la panoplie du fantôme et s'esquiva en s'assurant, d'un geste discret de la main, que le petit paquet était toujours là. C'est qu'il contenait une chose qui, à ses yeux, revêtait une importance capitale. Il lui était cependant impossible d'en parler à ses amis. Ils n'auraient pas compris.

CHAPITRE 15

Après la classe, Lorraine s'en fut vers sa case et se mit à contempler la liste qu'elle avait collée sur la face interne de la porte : Boulons 3/8 x 12... 3 L blanc/1 L vert... marches avant... vérif. fantôme!... décors/access./costumes/sang... sirènes?...

Sur le calendrier qui voisinait la liste, les quantièmes avaient été rayés un par un. Il restait à peine une dizaine de jours avant la présentation de la pièce.

Elle poussa un profond soupir.

— C'est sans espoir, laissa-t-elle échapper à voix haute.

— Quoi? interrogea Lucie qui refermait sa case.

— J'ai dit : c'est sans espoir. Je ne vois pas comment nous pourrons finir à temps.

— Vraiment?

— Je leur ai pourtant dit de travailler plus fort. Mais plus je les pousse, moins ils se pressent, on dirait. En fait, il n'y a plus personne à pousser, sauf Anguille, et il s'occupe du système d'éclairage. Pour comble de malheur, monsieur Racine vient de m'avertir que mes notes sont trop basses et que je risque de couler. Je ne sais plus quoi faire. Je suis découragée.

— Pourquoi ne pas avoir mis monsieur Racine au courant de la situation? Il les aurait enjoints de t'aider. Après tout, pour mériter les crédits supplémentaires, ne doivent-ils pas travailler?

— Mais, répondit Lorraine d'un air lugubre, ils travaillent... Partout, sauf à l'atelier.

Elle soupira de nouveau et enchaîna :

— Peut-être que si je reste dans l'atelier jusqu'à la représentation...

— Tu veux dire, dormir ici?

— Ouais. Je pourrais peut-être arriver à finir les décors à temps...

— Lorraine, t'es complètement malade. Pourquoi, en plus, n'apprends-tu pas tous les rôles et ne réalises-tu pas la pièce toute seule?

— Merci de ta compréhension, répliqua Lorraine sèchement. C'est très réconfortant de t'entendre.

— Écoute, ma vieille. Tu n'es pas seule à être impliquée dans cette histoire. Si c'est un échec, alors nous en sommes tous responsables. Arrête de porter le monde sur tes épaules. Laisse plutôt ça à Atlas. De toute façon, tu devras oublier le travail pendant quelques heures, demain soir.

Il n'y avait presque plus personne dans la salle des cases lorsque Lorraine aperçut Louis, à l'autre bout, qui s'avançait dans leur direction.

— Demain soir? Qu'y a-t-il demain soir?

— C'est mon anniversaire de naissance, répondit Lucie. Mes parents m'emmènent manger au restaurant, après la répétition et il faut que tu viennes. Je t'invite.

— Impossible. J'ai trop de choses à faire. Tiens, pourquoi ne pas l'inviter, à ma place, dit Lorraine en pointant Louis, qui arrivait derrière Lucie.

— M'inviter où? s'enquit l'adolescent.

— À son repas d'anniversaire au restaurant, intervint Lorraine. Demain.

— Demain, c'est ta fête? fit Louis d'un ton surpris. Ah, je ne le savais pas. Tu sais, je...

— Louis! lui cria Stéphanie à l'autre bout du vestiaire. Susie te cherche.

Le jeune homme hésita quelque peu.

— Elle veut te voir tout de suite! C'est important. C'est au sujet de ton costume, reprit Stéphanie.

— Bon! Euh... Eh bien, oké. J'y vais. Je vous reverrai tout à l'heure, promit-il à Lucie et à Lorraine.

Une fois la répétition terminée, Lucie se rendit dans l'atelier pour voir si Lorraine était prête à rentrer à la maison. Elle était en train de poser le dernier de la série de clous qui maintenaient l'immense disque de contreplaqué sur le squelette de bois de la table tournante. Elle arborait un air lugubre. Anguille arriva peu après et observa la scène en silence.

Après un dernier coup de marteau, Lorraine se releva, épuisée. Ensemble, les trois étudiants jaugèrent du regard la grande plaque circulaire. On aurait entendu une mouche voler. Quelques secondes glissèrent au sablier du temps. Avec précaution, Anguille tenta de la faire tourner en poussant le bord du bout du pied. Rien ne bougea. Il poussa plus fort. Mais la roue de bois refusa de se mouvoir. Il se pencha alors, en saisit le rebord à pleines mains et poussa de toutes ses forces pour lui imprimer un mouvement de rotation. Il y eut une espèce de gémissement plaintif, la lourde roue tourna, avança de quelques centimètres et s'arrêta dans une sorte de frisson grinçant.

— Au moins, ça tourne, énonça-t-il en pensant à la phrase de Galilée: *«Eppur; si muove!»*

— Oh! toi, tais-toi, vociféra Lorraine. C'est un fiasco, un vrai gâchis! C'était une idée stupide au départ et, maintenant il n'y a plus rien à faire.

Elle lança le marteau, qui tomba sur la plateforme avec fracas, arracha d'un geste brusque son casque de construction et hurla :

— Je démissionne!

— Mais... mais, Lorraine, dit Anguille, tu ne peux pas...

— Oui je peux!

Ce disant, elle lui remit son casque de construction entre les mains.

— Tiens, à partir de tout de suite, c'est toi, le patron!

Et avant qu'Anguille ait pu ajouter un seul mot, elle se précipita hors de l'atelier. Lucie secoua pensivement la tête et la suivit.

Resté seul, Anguille examina longuement la ronde construction. Puis, s'étant penché, il la fit pivoter sur son axe en écoutant attentivement le crissement des rebords de bois sur le plancher de béton.

Le lendemain midi, au retour du dîner, Lucie rencontra Louis à un coin de rue de l'école. Elle en fut étonnée, car elle savait que le jeune homme habitait dans la direction opposée.

— Salut, dit-il en venant se placer à côté d'elle. Bonne fête.

— Merci. C'est gentil de t'en souvenir.

Il eut un petit rire nerveux.

— C'est que je l'ai appris hier seulement. C'est assez difficile d'oublier en une seule journée, tu ne crois pas?

Lucie lui jeta un regard en coulisse.

— Ça dépend, n'est-ce pas?

Un peu de rouge monta au visage du jouvenceau.

— Quoi qu'il en soit, je t'ai apporté un cadeau, dit-il en lui tendant une petite boîte. Je n'ai pas eu le temps de l'envelopper, acheva-t-il.

— Un cadeau? C'est vraiment très gentil. Merci beaucoup.

Elle prit la petite boîte au couvercle garni d'un papier métallique doré. Émue, elle l'ouvrit. Un rayon de soleil, qui passait par là, alluma aussitôt un minuscule éclair sur l'épinglette argentée qui était piquée sur du velours noir. Le bijou avait la forme d'un petit disque grand comme un dix sous. Finement ciselé, on y voyait un visage aux traits sereins.

— C'est très beau, murmura Lucie. Encore merci.

— Je trouve que ce bijou ressemble à une petite lune. J'ai pensé qu'il avait été fait pour toi. Tu sais, à cause de la pièce.

— Tu as raison. C'est bien une petite lune. Je veux la porter tout de suite.

Elle déboutonna le haut de son manteau, mais comme elle avait mis un chandail à poils longs, ce jour-là, elle changea d'avis.

— Oh, elle ne sera guère visible là-dessus. Je la porterai plus tard et aussi à l'intérieur de mon costume, quand nous monterons sur les planches pour donner notre représentation. Elle sera mon porte-bonheur, mon porte-chance.

Elle lui adressa un large sourire pendant que ses yeux dansaient de joie. Elle faillit même lui sauter au cou et l'embrasser, tant elle était contente. Mais elle se retint, car ils étaient rendus en face de l'école. Mieux valait éviter d'alimenter le comité des rumeurs, toujours à l'affût des gestes que dicte parfois le coeur...

Même dehors, les murs ont des oreilles. Stéphanie entendit bientôt parler de l'épinglette d'argent que Louis avait offerte à Lucie. Cette dernière l'aurait même fait admirer aux jumelles, devant le miroir des lavabos.

— Ce n'est pas sérieux, décréta Stéphanie. Il ne peut lui avoir donné un bijou; ils ne sortent même pas ensemble.

Mais dans un coin de son coeur, elle savait que le destin avait parlé et que Cupidon avait atteint le coeur de Louis de ses aiguillons acérés. Hélas, le feu qu'il y avait allumé ne brûlait pas pour elle, mais pour Lucie.

— Nous l'avons vue, affirma Estelle. Une petite lune d'argent.

— Êtes-vous certaines, objecta Stéphanie avec dépit, qu'elle ne l'a pas achetée elle-même et ne vous a pas fait croire ensuite que Louis la lui avait donnée?

— Tu exagères, Steph, répondit Érica. Pourquoi n'acceptes-tu pas de voir la vérité en face? Louis trouve Lucie de son goût. Pas toi. Ni moi. Nous n'y pouvons rien. C'est comme ça.

Stéphanie se mordit la lèvre et fit une moue de mépris.

— Hmph! Ce n'est qu'une passade. Un engouement passager. Il est aveuglé par les feux de la rampe. Croyez-moi, ça ne durera pas.

Et elle s'en fut la tête haute et la démarche altière laissant derrière elle les fragments de son coeur que le chagrin avait fait exploser. «Et pour un coup du sort, songea-t-elle amèrement, ce fut un coup de traître».

Lorsque, tard en soirée, Lorraine revint d'une longue marche solitaire, elle trouva Louis et Lucie assis côte à côte sur le divan du salon, scénario en main. Il y avait *juste assez* de lumière pour lire, mais si elle y avait pensé, ne fut-ce que deux secondes, elle aurait réalisé que ses deux copains avaient depuis longtemps, trois semaines plus précisément, appris leur rôle par coeur. Mais l'idée ne lui effleura même pas l'esprit. Non. Elle avait fait le vide après l'échec cuisant qu'elle avait essuyé à l'atelier. Aussi, pendant que Lucie et Louis attendaient impatiemment qu'elle s'en aille, elle prit un sac de croustilles au vinaigre et un 7-Up à la cuisine, grimpa l'escalier quatre à quatre et se réfugia dans sa chambre à coucher.

CHAPITRE 16

Lorraine dormait d'un sommeil de plomb. Soudain, il lui sembla que son corps était enfoui dans le sable chaud et qu'elle devait faire de gros efforts pour se remettre sur ses pieds. Mais pourquoi devait-elle se lever alors qu'elle reposait dans la douce chaleur douillette de son lit? Rêvait-elle? Si oui, que s'était-il donc passé dans ce rêve? Il lui semblait qu'elle devait revenir dans son corps de toute urgence. Mais la descente des sphères mystérieuses des rêves et du sommeil lui semblait s'étirer. De nouveau, le bruit qui avait frappé son oreille endormie se reproduisit. On frappait à la porte de sa chambre. La voix de la mère de Lucie filtra jusqu'à sa conscience.

— Réveille-toi, Lorraine, ton père est au téléphone.

Instantanément, la jeune fille se dressa sur son

séant, comme si elle avait reçu une violente décharge électrique. Son cerveau, cependant, était encore au neutre, car il n'embrayait en première vitesse qu'une couple de minutes après le réveil de son véhicule physique.

Comme une somnambule, elle sauta hors du lit, saisit sa robe de chambre et se retrouva bientôt en haut de l'escalier.

— Tu peux prendre l'appel en bas, lui offrit madame Baines, tout en serrant sa robe de chambre autour d'elle. Je vais raccrocher aussitôt que tu seras en ligne.

Encore tout endormie, Lorraine descendit les marches en songeant à son père. Était-il bien?

Rendue dans la cuisine, elle prit le récepteur blanc.

— Allô?

Un «clic» se produisit. La mère de Lucie venait de raccrocher.

— Lorraine? fit une voix masculine à l'autre bout du fil.

La jeune fille, encore engourdie par les brumes du sommeil, eut peine à reconnaître cette voix. Était-ce un effet de la distance?

— Oui, répondit-elle.

— C'est moi. Anguille.

— Anguille? répéta Lorraine, stupéfiée.

Mais, mais où donc son père était-il passé? Et que faisait Anguille en Corse?

— J'ai dit à la mère de Lucie que j'étais ton père. Autrement elle n'aurait sûrement pas voulu que je te parle.

Lorraine s'éveilla tout à fait. Son regard s'arrêta sur l'horloge du poêle; les aiguilles marquaient 2 heures 36!

— Es-tu tombé sur la tête? Qu'est-ce qui te prend de me téléphoner à 2 heures du matin?

— Ho! les moteurs! T'énerve pas! J'ai eu une idée fabuleuse. Il fallait absolument que je t'en parle tout de suite. Écoute.

— Écoute toi-même, rétorqua Lorraine qui sentait la moutarde lui monter au nez.

— Non, non. Calme-toi et écoute-moi. J'ai trouvé la solution! Des roulettes!

— ?...

— Des roulettes, répéta Anguille. Voilà la réponse à notre problème.

Hébétée, Lorraine se gratta le crâne et regarda le récepteur qu'elle tenait en main. Fantastique, se dit-elle. Nous sommes au beau milieu de la nuit et je suis en train d'écouter un fou.

— Mais de quoi veux-tu parler, au juste?

— Notre table tournante, naturellement. Tout ce dont nous avons besoin pour la faire tourner, ce sont des roulettes. Tu sais, ces roulettes qu'on met sous les pianos?

— Ouais, acquiesça-t-elle finalement. Puis-je aller me recoucher maintenant?

— Ouep! Bonne nuit. À demain.

— À demain. Et merci! ajouta-t-elle presque à contre-coeur.

Lorsqu'elle retourna se coucher, Lucie était

réveillée.

— Que se passe-t-il, s'enquit-elle. C'était ton père?

— Non, répondit laconiquement Lorraine. C'était Anguille.

— Hein? Anguille? En pleine nuit? Qu'est-ce qu'il voulait?

— Oh, il a eu une idée farfelue au sujet de notre plate-forme. Je ne sais plus trop, mais ça pourrait peut-être fonctionner, répondit Lorraine en se pelotonnant sous les couvertures.

Lucie resta muette quelques instants avant de révéler à sa copine le fond de sa pensée.

— D'habitude, Lorraine Delacorte, tu es passablement brillante. Mais, parfois, tu me fais penser à un Q-Tip. Deux watts!

Il s'écoula quelques secondes avant que Lorraine n'émerge de sous les couvertures.

— Hein? Comment ça?

— Oui, poursuivit Lucie. Je ne comprends pas pourquoi tu te montres si dure envers Anguille. Il t'aime beaucoup, tu sais. En fait, il est fou de toi, je pense.

Lorraine souleva sa tête de son oreiller. Ses yeux étaient arrondis par l'étonnement.

— Anguille? Tu es sûre?

— Naturellement, Anguille. Tu ne le sais pas?

— Comment peux-tu dire une chose pareille, objecta Lorraine, qui se dressa dans son lit et promena, sur le visage de Lucie, un regard inquisiteur.

— Pour commencer, c'est le seul membre de l'équipe technique qui travaille encore avec toi. Tous les autres t'ont laissé tomber comme une vieille savate, parce que tu as été détestable, hargneuse, exigeante et dure avec eux.

— Mais... mais...

Lorraine laissa retomber sa tête sur l'oreiller. Toute une séquence d'images lui revinrent à la mémoire. Elle revit en pensée les scènes où elle avait houspillé et rabroué durement ses coéquipiers. Cela avait-il été vraiment nécessaire? Pourtant, on lui avait confié la responsabilité technique de l'affaire.

Comment aurait-elle pu agir autrement pour que tout soit terminé dans les délais prévus?

— Et si tu n'étais pas si occupée à jouer au contremaître, tu remarquerais peut-être les sentiments d'admiration que son regard t'exprime. Tu sais, même si tu ne veux pas sortir avec lui, tu pourrais au moins lui donner de l'amitié. Il me semble que tu aurais bien besoin d'un ami, surtout si les décors sont aussi en retard que tu le prétends. C'est vrai! Ce gars-là passe ses nuits à essayer de trouver des solutions pour te sortir de cette impasse. Il n'arrête pas de penser à toi... Pour l'amour du ciel, que veux-tu de plus?

Peu de temps après avoir terminé ce petit discours, Lucie retrouva le chemin des songes tandis que Lorraine, les yeux grands ouverts, refusait l'invitation de Morphée au sommeil. Elle voulait réfléchir.

Lorraine avait dû faire des prodiges oratoires pour réussir à convaincre ses acolytes de se réunir dans l'atelier après la classe. Tout d'abord, chacun et chacune lui avait offert un prétexte ou une excuse pour se défiler. Ce qui lui fit prendre conscience de l'urgence de l'intervention qu'elle s'apprêtait à faire.

— Oké, dit-elle aux membres de l'équipe technique rassemblés au grand complet autour de l'établi. Ce ne sera pas long. Je vous ai demandé d'assister à cette réunion parce que je veux vous faire part d'une chose importante, que je ne veux pas avoir à répéter. Il nous reste moins qu'une semaine avant la première de la pièce, et nous sommes loin d'avoir fini les décors.

Mal à l'aise, les étudiants se tortillaient sur leur chaise. Annie griffonnait sur son cartable d'un air absorbé, pendant que Yick regardait fixement le grand disque de bois qui recouvrait la scène. Finalement, Jean brisa le silence qui planait depuis peu sur le petit groupe.

— Alors?

— Voilà. C'est moi qui suis responsable de cette situation, avoua Lorraine.

Le stylo d'Annie s'arrêta illico, tandis que les yeux de Yick quittèrent la plate-forme. Tous les regards se tournèrent vers Lorraine qui reprit :

— Monsieur Racine m'avait chargée de la supervision. Or, j'ai agi de façon absolument horrible avec vous tous. J'en suis désolée.

Voyez-vous, je croyais que c'était la meilleure façon de faire avancer le travail. J'avais tort, j'en conviens. Alors, je pense qu'une autre personne devrait prendre la direction de l'équipe. Quant à moi, je continuerai à travailler ici pour que tout soit prêt pour l'ouverture; en attendant, nommez quelqu'un d'autre à ma place.

Elle se tut et interrogea les autres du regard. Mais ils restèrent muets.

— Pourquoi pas toi, Anguille?

Mais le jeune homme hocha la tête en signe de dénégation.

— Non. Je pense que tu es la plus qualifiée pour nous diriger. Personnellement, j'accepte tes excuses. Nous avons seulement besoin de savoir quoi faire. Si tout le monde est d'accord pour travailler, bien entendu, dit-il en consultant ses camarades du regard.

Après une courte pause, Estelle commenta :

— C'est vrai. Ça ne me dérange pas de travailler, mais je déteste qu'on me harcèle ou qu'on me talonne.

— Moi aussi, renchérit Épine.

Lorraine fut prise au dépourvu. Elle avait cru que quelqu'un d'autre se chargerait désormais de donner les ordres.

— Ah!... Eh bien, fit-elle en ébauchant un sourire à l'intention d'Anguille, il faut poser des roulettes sous notre plate-forme, pour qu'elle pivote comme il se doit. Ensuite, il faut vérifier le fonctionnement de notre fantôme, y compris les fils et les poulies. Puis, il y a les décors eux-mêmes à peindre et à monter sur le plateau...

En quelques instants, l'atelier prit l'apparence d'une ruche, tant les élèves s'empressaient de mettre leur travail à jour. Sauf Anguille, qui s'approcha de Lorraine. Il était tout sourire lorsqu'il déposa, sur la tête de la jeune fille, le casque de construction qu'elle lui avait remis quelque temps plus tôt.

— Lorraine, je te couronne reine de l'équipe technique et je te nomme chevalier de la Table tournante, dit-il d'un ton mi-figue mi-raisin.

À ces mots, Lorraine sentit monter en elle un trouble inexplicable auquel se mêlait un souffle de bonheur... de bonheur presque fou.

CHAPITRE 17

— Et après l'attaque, déclamait Louis, je vais m'acheter un blouson de cuir neuf et je vais y coudre l'écusson des Cannibales dans le dos. Ainsi, tout le monde dans la rue saura que je suis vraiment quelqu'un.

— Yick! chuinta Susie. C'est au tour du fantôme à entrer. Où est-il!

— Le v'là, répondit le jeune Vietnamien en faisant jouer la poulie pour envoyer l'apparition luminescente sur la scène. Lentement, le spectre émergea des coulisses côté jardin...

La forme aux contours flous semblait luire, sous l'éclairage ultra-violet, d'une lumière violacée zébrée d'éclairs d'un vert phosphorescent issu des soufrières mêmes de l'enfer; sous les secousses que Yick imprimait au fil de nylon, le fantôme, tout en flottant dans la pénombre, semblait exécuter une *danse macabre* sur la musique, inaudible à l'oreille humaine, d'un Camille Saint-Saëns désincarné.

Le petit groupe qui assistait à cette avant-première accueillit ce «personnage» d'un autre monde par des applaudissements chaleureux.

— Très efficace, s'exclama mademoiselle Avery. Sensationnel!

Dès le début, elle avait demandé à la troupe de considérer cette répétition générale comme une vraie performance. Rien cependant ne s'était déroulé comme prévu et on avait dû s'arrêter à maintes reprises. Tout semblait aller de travers.

Ainsi, au début, Anguille, éclairagiste et ingénieur du son officiel, avait eu de la difficulté à entendre les acteurs, du haut de sa cabine; par conséquent, la scène avait plongé dans l'obscurité beaucoup plus souvent qu'il n'aurait fallu.

Puis, Lucky n'était parvenu qu'à grand-peine à mettre la main sur son bâton de baseball, un accessoire essentiel à la 5e scène du troisième acte.

Ensuite, à plusieurs reprises, Lorraine et son équipe s'étaient trompées de section, lors des changements de scène ou de décor.

Conséquemment, le délai, somme toute assez minime, qui s'était écoulé entre la réplique de Louis et l'entrée du fantôme, faisait figure de peccadille.

Dans les coulisses, Susie goba une pastille contre la toux et interpella Yick de l'autre côté de la scène :

— C'est parfait, Yick. Assure-toi bien, cependant, de faire apparaître le fantôme à temps.

Tout en parlant, elle dirigeait distraitement son regard vers la *créature du monde des esprits*. L'éclairage ultra-violet créait-il des effets d'optique? Il lui sembla, en effet, qu'une brumaille d'une étrangeté surnaturelle enveloppait le fantôme. À moins que... Était-ce de la brume ou... de la fumée?

— Quelle est cette drôle d'odeur? s'enquit mademoiselle Avery.

— Je ne sens rien, moi, dit Susie en reniflant.

— C'est peut-être l'imperméable en plastique. Bon, reprenons. Louis, es-tu prêt? Quant à toi, Yick, fais bouger le fantôme. Il doit bouger continuellement.

Obéissant, Yick commença à secouer la corde qui, au dernier moment, devait faire pivoter le fantôme de façon à exposer l'horrible balafre ensanglantée de son dos.

Comme un cerf-volant que le vent pousse à son gré, le fantôme plongea en piqué vers la scène pour rebondir aussitôt un peu plus haut.

— Merveilleux! s'écria mademoiselle Avery. Eddy?

Louis attendait patiemment au milieu du décor. Il se tourna vers le spectre et reprit son rôle.

— Qui est là? fit-il en feignant la crainte.

Menaçant, le fantôme s'avança vers lui. Des lamentations, issues des cordes de la basse électrique qu'Anguille torturait sans égard pour l'harmonie, émanèrent des haut-parleurs placés de chaque côté de la scène.

— Qui est là? répéta Louis. Va-t'en! Déguerpis... Je t'ordonne de partir!...

Un hurlement, qui semblait n'avoir rien de terrestre, lui répondit (le son venait cette fois de la guitare électrique d'Anguille), tandis que le fantôme, manipulé par Yick, s'élança en titubant vers Eddy, incarné par Louis.

Soudain, à sa grande surprise, ce dernier aperçut une langue de feu, qui brûlait comme une braise, au coeur même du spectre artificiel. Des étincelles jaillirent en cascades et inondèrent, pour ainsi dire, le plancher de la scène.

Louis en oublia son personnage.

— Aïe! C'est quoi ça. Qu'est-ce qui...

Mais il ne put achever sa phrase. De nouveau, le fantôme s'avança vers lui d'un mouvement saccadé. Il semblait tout à coup animé d'une vie qui lui était propre.

— Aïe! Décampe! Efface-toi! Disparais! cria le héros de la pièce, tout en donnant de grands coups de pied dans l'imperméable de plastique.

Une espèce de serpent, dont l'extrémité crachait le feu en sifflant, s'échappa de l'imperméable. Et pendant que les haut-parleurs continuaient de hurler et de se lamenter, une pétarade explosa.

— Yiiiaouw!!! hurla Louis en faisant un saut en arrière.

Il trébucha sur le bord de la plate-forme et tomba dans les coulisses en roulant.

L'odeur âcre de la poudre envahit l'atmosphère et, pendant quelques instants, les sons discordants des instruments à corde d'Anguille se perdirent dans les détonations produites par la tresse de pétards rouges qui explosaient, telle une raffale de mitraillette, en se tordant comme un reptile en fuite. Les pétards à mèche que Yick avait reçus en cadeau à Noël venaient de s'envoler en fumée.

Le tintamarre cessa et fit place au grand calme qui succède aux tempêtes. Mademoiselle Avery qui, jusque-là, avait observé ces événements bizarres en silence, prit la parole :

— Nous allons faire une pause. Toi, Yick, viens ici, je veux te parler...

Le visage habituellement impassible de Yick exprimait le désarroi, la tristesse et le chagrin.

— Ils n'étaient pas censés exploser, expliqua-t-il au professeur, d'un air penaud.

— Mais pourquoi avais-tu mis ces pétards à l'intérieur du fantôme?

Yick sentit une goutte de sueur dégouliner dans son dos.

— Heu... c'est une vieille coutume, hasarda-t-il en guise d'excuse. Heu... une coutume de mon pays...

Évidemment, tel n'était pas le cas. Yick avait imaginé ce stratagème pour rendre son fantôme inoffensif. Et son échec lui prouvait, sans l'ombre d'un doute, qu'on ne pouvait impunément jouer avec les forces surnaturelles.

À son grand soulagement, mademoiselle Avery ne poussa pas son enquête plus avant au sujet de cette curieuse coutume. Elle se contenta de scruter le visage de l'adolescent d'un air songeur.

— Dis-moi, Yick. Comment les mèches se sont-elles allumées?

— Euh... Eh bien, j'avais allumé aussi un petit bâton d'encens, vous voyez?... Et... euh... il a dû se déplacer...

— Oui, je vois. Il a dû se déplacer lorsque tu as fait bouger le fantôme. Réalises-tu, jeune homme, que nous avons été très chanceux que ta coutume, comme tu dis, n'ait pas déclenché d'incendie? Et puis, Louis aurait pu subir de sérieuses blessures. Ton fantôme aurait même pu exploser. Tu te rends compte? Une catastrophe aurait pu se produire. Nous sommes très, très chanceux de nous en tirer avec si peu de dommages. Je comprends que tu aies eu tes raisons d'agir ainsi. Mais tu vas me promettre de ne plus recommencer. Sinon, je confierai les effets spéciaux à un autre étudiant. Est-ce clair?

— D'accord, je vous le promets, fit-il en souriant.

Selon sa logique d'adolescent chinois, il avait réussi à faire échec aux forces occultes. Ses pétards et son encens les avaient vraiment protégés des mauvais esprits. Mademoiselle Avery n'avait-elle pas affirmé qu'ils avaient été très, très chanceux? C'est donc le coeur léger qu'il alla rejoindre les autres membres de la troupe.

Cette répétition générale semblait ne devoir jamais finir. Dans les coulisses, Lorraine et son équipe attendaient patiemment la fin de chaque scène pour changer les décors et faire pivoter la table tournante de manière à présenter au public la section appropriée au scénario suivant. Grâce à Anguille, le grand disque de bois, stabilisé par des roulettes placées tout autour du dessous, tournait maintenant à merveille.

Pour masquer davantage les changements de décor et les déplacements des membres de l'équipe technique, ces derniers étaient vêtus de noir, y compris les souliers de coton, achetés dans le quartier chinois.

Lorraine avait aussi enfilé un chandail de laine noire par-dessus son T-shirt, à causes des courants d'air froid qui circulaient dans les coulisses. Elle ne voulait pas non plus attraper la grippe de Susie. Les acteurs avaient, eux aussi, une sainte peur d'être contaminés par ce virus malfaisant. Ils évitaient donc avec soin de se retrouver nez à nez avec Susie.

Finalement, après que tout le monde se fut mortellement ennuyé, le rideau tomba sur la dernière scène du dernier acte. Mademoiselle Avery rassembla la troupe pour lui faire part de son verdict.

— Croyez-le ou non, annonça-t-elle, nous faisons bonne figure. Ce n'est pas parfait, mais c'est satisfaisant. Si nous arrivons à faire les petits ajustements dont je vous ai parlé et si... hmmm! hmmm! nous n'avons pas d'autres surprises, ajouta-t-elle en regardant Yick, notre grande première connaîtra le succès. Maintenant, conclut-elle avec un sourire fatigué, je vous suggère d'aller au restaurant, de commander une pizza et d'oublier la pièce jusqu'à demain.

CHAPITRE 18

Le lendemain, quand Lorraine arriva à l'école, elle était encore sous l'empire d'un rêve extraordinaire. En songe, la nuit précédente, elle s'était promenée au bras d'un bel inconnu dont les traits lumineux s'étaient effacés de sa mémoire, au réveil. Ensemble, ils avaient marché dans la blanche féerie de l'hiver, pendant que la neige, ce lait spirituel des étoiles, tombait du ciel en flocons cristallins. C'était magique!

Et la magie du rêve l'enveloppait encore. En outre, son travail de maître-d'oeuvre était terminé. Bien sûr, elle donnerait un coup de main lors des changements de décors, mais seulement sur l'indication de Susie. Enfin, elle pouvait se permettre de souffler un peu. Elle avait même décidé, qu'entre les changements de décors, elle irait s'asseoir avec Anguille, dans la cabine de l'éclairagiste-ingénieur du son. De là, elle regarderait le déroulement de la pièce.

Elle rencontra mademoiselle Avery dans les coulisses et la salua.

— Ah! Lorraine. Enfin te voilà. Je te cherchais partout. Tu vas devoir remplacer Susie. Elle a une laryngite aiguë et ne peut que chuchoter.

— Mais, mais... C'est impossible. Pourquoi ne pas demander à Anguille? Ou à Jean?

— Anguille ne peut quitter son poste, voyons. Non. Lorraine, je te fais confiance.

— Mais j'ignore tout de ce travail de régisseur, protesta Lorraine. Et puis, je ne sais rien des indications scéniques. Comment vais-je faire?

— Écoute. J'ai ici le cahier de notes de Susie. Elle y a tout enregistré. Les indications scéniques, les répliques, etc. Bon, assois-toi au pupitre du souffleur et jettes-y un coup d'oeil. Ensuite, assure-toi que tout le monde soit prêt à 20 heures précises. Si par hasard de légers retards se produisaient, retarde la levée du rideau de quelques minutes. Bon. As-tu une montre?

— Euh... oui...

— Parfait. Je serai dans les parages jusqu'à ce que tu ordonnes de frapper les trois coups qui précèdent la levée du rideau, au cas où tu aurais besoin de renseignements. Maintenant, assois-toi et examine le script de Susie et ses annotations.

Troublée, presque consternée, Lorraine obéit et ouvrit d'un coup de pouce le cahier de Susie. Au bas de la première page, une note soulignée d'un gros trait rouge était scribouillée :

Blurk thog gm tibble Eddy. Découragée, Lorraine, coudes sur la table, se prit la tête à deux mains et ferma les paupières. Mais pourquoi donc, pour l'amour de Dieu, Susie avait-elle écrit ses notes en langue étrangère? Elle se serait arraché les cheveux de désespoir!

19 heures 55!

Furtivement, Lorraine risqua un coup d'oeil à travers la fente du rideau. La salle était presque comble. Mademoiselle Avery et monsieur Racine étaient assis dans la première rangée. Deux rangées derrière les professeurs, elle aperçut les parents de Lucie. Momentanément, l'absence de son père lui occasionna un serrement de coeur. Puis elle se dit que, si la pièce s'avérait un désastre, le fait que son père soit à l'étranger serait une bonne chose.

Elle se détourna du rideau, traversa le plateau tournant et se dirigea vers la «chambre verte». Ils avaient ainsi nommé l'endroit où ils attendaient, juste avant d'entrer en scène, à cause du trac, avait expliqué Susie, d'un air pince-sans-rire, qui rend tous les acteurs verts de peur.

En coulisses, elle croisa Joey, Alex et Louis et, mentalement, révisa leurs costumes.

— Vous êtes prêts, les gars?

— Mets-en! dit Joey d'un ton fanfaron.

— Merde!

Dans la «chambre verte», elle trouva Érica,

Lucie et Stéphanie, assises sur le bord de leur chaise, entourées des autres membres de la troupe que la nervosité rendaient volubiles ou, au contraire, muets comme des carpes. En bon régisseur, elle balaya du regard la petite assemblée pour s'assurer que tout le monde était fin prêt.

— Où est Arthur? demanda-t-elle après qu'elle eut fini de passer la troupe en revue.

— La dernière fois que je l'ai vu, répondit Stéphanie, il était en train de se faire maquiller.

— Il devrait être ici, scanda Lorraine en faisant un pas en direction des loges.

Mais ayant consulté sa montre, elle se ravisa. Elle n'avait pas le temps. Elle se retourna vers la scène et aperçut Yick qu'elle saisit aussitôt par le bras.

— Ton fantôme fonctionne-t-il correctement?

D'un vigoureux signe de tête, il acquiesça.

— Bon. Écoute, enchaîne Lorraine. Va chercher Arthur dans la loge des garçons et ramène-le dans la «chambre verte». Nous commençons dans exactement deux minutes et je veux qu'il soit prêt.

Yick lui adressa un salut militaire et s'éclipsa.

À environ quatre mètres de hauteur, la silhouette d'Anguille, assis sur un tabouret, se découpait contre le mur de la cabine d'éclairage. Le panneau des contrôles des projecteurs, faiblement illuminé, laissait deviner, en arrière-plan, la guitare et la basse électriques.

— Es-tu prêt? s'enquit-elle à voix basse.

— Je ne peux l'être davantage. Merde, Lorraine.

— Merde!

De retour au pupitre du souffleur, elle coiffa les écouteurs qui la reliaient électroniquement à Anguille, à Yick et à Karine, responsable de l'éclairage de la salle et du rideau. Elle fit signe à Joey, Alex et Louis qui allèrent prendre leur place respective sur le plateau. Puis, avançant son visage près du micro, elle y alla d'une toute dernière vérification.

— Ça va, dans la salle?

— Oui. Les derniers spectateurs prennent leur siège.

— Et toi, ingénieur des fantômes, es-tu prêt?

Un bruit de pas rapides lui répondit et Yick, hors d'haleine, l'informa qu'Arthur venait d'arriver.

— Parfait. Merci. Et toi, es-tu prêt?

— Dix, quatre, répliqua Yick.

— Et l'éclairage, là-haut? Prêt?

— Tout est en ordre, mon capitaine.

Une dernière fois, Lorraine regarda l'heure à sa montre et respira à fond.

— Oké, projecteurs...

Les feux de la rampe s'allumèrent aussitôt, baignant d'une lumière bleutée les acteurs debout sur les planches.

— ...éteignez les lumières dans la salle... rideau!...

Le coup d'envoi était donné, le spectacle commença.

En eût-elle eu le temps, Lorraine se serait étonnée que la représentation se soit déroulée aussi rapidement, compte tenu du fait que la générale avait semblé s'étirer pendant une éternité. Mais elle fut beaucoup trop occupée. D'abord elle paniqua presque lorsque Arthur «oublia» d'entrer sur la scène au moment voulu. Stéphanie y alla de la réplique qui signalait à Arthur son entrée. Mais il ne se montra pas. Heureusement, elle eut le sang-froid d'improviser un petit baratin expliquant que son fils, Chip, était un retardataire incorrigible.

Pendant cette tirade hors-texte, Lorraine fit un bond jusqu'à la chambre verte, saisit Arthur par le collet et le précipita presque sur le plateau.

— ... Ah! Chip. Te voilà, roucoula Stéphanie lorsqu'elle l'aperçut. Oups! Regarde où tu mets les pieds, mon chou. Tu sais, je te cherchais pour...

Et elle répéta sa réplique.

Lorraine était sur les dents, surtout en ce qui concernait les effets scéniques des sirènes et des lumières clignotantes des autos de police, mais le reste de la pièce se déroula sans anicroche jusqu'à la tombée du rideau, à la fin du troisième acte.

Durant l'entracte, Lorraine se leva pour aller vérifier son équipe d'installateurs de décors et entra presque en collision avec Joey. Exhubérant d'enthousiasme à la suite de sa performance de caïd des Cannibales, il marchait, la tête haute et le torse bombé, en faisant dangereusement tournoyer son bâton de baseball. Elle dut se pencher pour l'éviter.

— Ooooah! Joey! Fais attention!

Joey prit l'expression mauvaise d'un dur-à-cuire que même Rambo lui aurait enviée.

Pointant le bout de son bâton devant le visage de Lorraine, il grinça :

— Aaaah! Personne ne peut résister aux Cannibales...

— Oui, bon. Arrête de fendre l'air comme ça avec ton bâton. Les coulisses ne sont pas l'endroit rêvé pour ça. Tu pourrais accrocher des choses ou, pire, des gens.

Lorraine continua sa ronde et, en terminant, grimpa les échelons jusqu'à la cabine de l'éclairagiste.

— Salut! Ça va?

— C'est du gâteau, répliqua Anguille. Ah! J'ai bien hâte de leur faire entendre ma musique de fantôme. Comme râles musicaux, on ne fait pas mieux, tu sais. Hé! Que dirais-tu si je leur jouais un petit quelque chose pendant l'entracte?

— Absolument hors de question, rétorqua Lorraine en arrêtant, d'un geste ferme, le jeune homme qui, déjà, allongeait le bras pour saisir son instrument.

— Tu as probablement raison, fit-il avec un petit sourire malicieux.

Lorraine lui rendit son sourire et, une fois de plus, vérifia l'heure.

— Bon, on recommence dans trois minutes. Es-tu prêt?

— Toujours prêt pour toi... Ture en zing... chronisme... de Panama... Et ce n'est pas tout. Non, ce n'est pas tout... Ankh Amon... Ammoniaque... N'y a qu'un cheveu sur la tête à Mathieu!...

— Très drôle, hilarant, fit Lorraine sèchement. Ma foi, Anguille, tu travailles de l'électron. Tu as dû recevoir une décharge électrique sur le crâne. Bon. Commence à éteindre les lumières dans la salle. Immédiatement! dit-elle en descendant.

Dans la pénombre qui régnait maintenant en coulisses et sur la scène, Lorraine se dirigeait vers le pupitre du souffleur quand, tout à coup, elle trébucha sur un objet et tomba face contre terre.

— Lorraine! T'es-tu fait mal? Est-ce que ça va?

C'était Lucie qui, debout, attendait que le quatrième acte commence pour entrer.

— Je pense que oui, répondit Lorraine. J'ai mis le pied sur quelque chose et j'ai glissé.

Se penchant, elle tâtonna avec sa main dans le noir et trouva sur le parquet une poignée de corde de nylon tout emmêlée au milieu de laquelle pendouillait une petite poulie de cuivre. D'un air éberlué, elle contempla sa trouvaille l'espace d'une couple de secondes. Soudain, un éclair aveuglant lui traversa l'esprit. Ce qu'elle tenait, au creux de sa main, c'était la corde qui devait servir de piste aérienne au fantôme. Joey avait dû l'accrocher accidentellement en faisant des moulinets avec son bâton, lors de sa sortie fracassante, à la fin du troisième acte.

Et le fantôme qui devait entrer en scène dans cinq minutes!!!

À ce moment, elle entendit la voix d'Anguille :

— Les lumières sont éteintes dans la salle, Lorraine. On est tous prêts...

Le sort en était jeté. Elle n'y pouvait rien.

— Tous à vos postes... Rideau!... chuchota-t-elle pendant que, dans son for intérieur, elle se dit : À la grâce de Dieu!

CHAPITRE 19

Carmen (Lucie) s'avança vers Eddy (Louis).

— J'ai entendu dire que les Cannibales planifient une attaque, fit-elle d'une voix inquiète.

— Alors? répondit-il l'air crâneur et le regard plein de défi.

— Alors, qu'est-ce que tu envisages?

— Cela ne te regarde pas. D'ailleurs qu'est-ce que ça peut te faire?

— Eddy, vous n'avez nul besoin de vous battre. Les Cannibales et les Scorpions se sont toujours entendus, jusqu'à maintenant. Ne vois-tu pas que le seul responsable, dans tout ça, c'est Lucky? Il veut semer le trouble et la zizanie.

— Les Scorpions ont «descendu» Sharkey, le Requin.

— Qui t'a raconté ça?

— Lucky me l'a dit. Il était là. Il a tout vu.

— Ah oui? Eh bien, explique-moi comment il se fait que Sharkey a reçu un coup de poignard dans le dos?

— Quoi? Comment peux-tu le savoir? Tu ne l'as jamais vu.

— Crois-moi, Eddy. Je le sais.

— Ah, tu inventes cette histoire!

— C'est faux! J'ai vu...

— Tu as vu quoi?

— Je... l'autre soir... au clair de lune... J'ai vu son fantôme...

— Son fantôme? Ah! Ah! Ah! Tu es folle. Va-t'en donc.

— Mais... mais, Eddy...

— Je suis sérieux, Carmen. Va-t'en. Je dois réfléchir et je n'ai pas besoin de toi pour ça.

Avant de donner la réplique suivante, Carmen garda le silence pendant un moment.

— Fais comme tu veux, Eddy. C'est à toi, les oreilles. Mais tu verras. J'ai raison. Je sais que j'ai raison.

Et, tournant les talons, elle sortit d'un pas rapide, côté cour.

Eddy la regarda partir et, après une ou deux secondes, d'un air préoccupé, se mit à arpenter le toit mis en scène pendant l'intermission.

— Aaaah! Elle est capotée, dit-il. Un fantôme! Ça n'existe même pas, les fantômes! C'est de l'air! C'est pas important! Mais ce qui est important, c'est de devenir quelqu'un pendant qu'on est en vie. Et, moi, juste après cette bataille, je ferai partie des Cannibales... Il y aura juste un peu de sang de Scorpion sur mon couteau...

Pendant ce monologue, Louis avait tiré de sa gaine un long couteau à la lame fine. Il le tint à bout de bras pour que la simili-lumière lunaire du projecteur fasse luire la lame.

— ... et je serai alors officiellement reconnu comme l'un de leurs membres... Après l'attaque, je vais aller m'acheter un blouson de cuir neuf et je vais y faire coudre l'écusson des Cannibales dans le dos. Et tout le monde, dans la rue, saura que je suis quelqu'un!

Ayant terminé sa tirade, il se tourna côté jardin. À cet instant, le fantôme était censé apparaître sortant de l'ombre des coulisses.

Le jeune acteur se prépara à affronter le spectre, en se demandant quel serait cette fois son comportement. Les premières plaintes se firent entendre dans les haut-parleurs, mais aucun fantôme n'était en vue. En vain, Louis s'efforça d'évoquer une forme fantômatique parmi les pastilles de lumière qui dansaient devant ses yeux plissés.

Il allait répéter le geste qui devait amener le *spectre* sur scène quand, tout à coup, ce dernier se matérialisa brusquement à côté de lui.

Mais qu'était-il advenu de l'imperméable de Yick, suspendu à une corde de nylon? Et ça, qu'est-ce que c'était? Là, près de lui, une *chose* accroupie et luisante se bringuebalait sur la scène en se dandinant, au lieu de flotter dans les airs. Pire encore, la *chose* n'avait pas de tête, mais la perruque infernale flottait, sans ballon maquillé pour la soutenir, au-dessus de l'apparition. À cet instant, la guitare émit un long gémissement. Mais était-ce vraiment la guitare? Énervé, Louis n'en était pas certain.

— Qui... qui est là? cria-t-il d'une voix rauque. Qu... Qui es-tu?... Éloigne-toi de moi...

C'était, à n'en pas douter, la performance la plus convaincante que Louis ait donnée jusque-là.

— Sh... Sharkey, est-ce toi?

En guise de réponse, le fantôme agita les bras, bondit ex abrupto et faillit retomber sur Louis.

Mais déjà, Louis, à son tour, avait fait un saut en arrière et attendait le fantôme de pied ferme, dusse-t-il revenir à la charge.

— Sharkey, répliqua-t-il d'une voix qui tremblait à peine, doucement, mon vieux. Les Cannibales et moi, on pensait justement à toi... On a préparé une petite surprise aux Scorpions... Comment trouves-tu ça?

Des sons horrifiques lui répondirent, pendant que le fantôme se tordait, en signe de dénégation, et gesticulait, comme une âme en proie à des tourments insupportables.

— Mais... ce sont les Scorpions qui t'ont abattu. N'est-ce pas?

Le fantôme s'agita davantage et les lamentations, émanant des haut-parleurs, prirent plus d'ampleur.

— Lucie... Euh... Carmen dit que c'est Lucky qui t'a tué. Qu'il t'a poignardé dans le dos. Ce n'est pas vrai, hein?

Les gémissements et les grincements atteignirent leur paroxysme, et d'un effort suprême, le fantôme fit un bond prodigieux, tout en pivotant sur lui-même, pour montrer aux spectateurs l'horrible plaie de 20 cm, rougeoyant sous la lumière ultra-violette.

Il sembla rester suspendu en l'air, bras en croix, pendant peut-être une ou deux secondes. Mais ce tout petit instant parut pourtant à Louis comme une mini-éternité. Puis, aussi prestement qu'il était apparu, le fantôme s'escamota, côté jardin, comme aspiré dans un trou noir.

Rendu en coulisses à son tour, Louis se heurta à Yick.

— Qu'est-ce que c'était, ça? lui demanda-t-il.

— C'était... euh... bin... hmm...

Yick signifia à Louis de se retourner. Le fantôme, debout derrière lui, reprenait vie sous ses yeux ahuris. Des mains sortirent des manches de l'imperméable, et s'élevèrent ensuite jusqu'à la perruque qu'elles saisirent aussitôt. Comme par magie, une tête émergea des épaules recouvertes de plastique noir. Et cette tête au visage rieur était celle de Lorraine.

— Hi! Hi! Hi! Tu aurais dû te voir la binette. Ho! Ho! Ho! fit-elle dans un murmure étouffé. Qui est là? Éloigne-toi de moi... Ha! Ha! C'était super, Louis.

Et, de nouveau, la pénombre des coulisses l'engloutit.

Après la tombée du rideau, lorsque les acteurs saluèrent la foule en rappel, on apporta des bouquets de fleurs sur la scène. Louis offrit à Lucie une gerbe de roses dont la nuance rappelait les heures tendres de l'aurore, tandis qu'Érica et Estelle donnaient à mademoiselle Avery, au nom de toute la troupe, une douzaine de roses rouges.

Dans la salle, une tempête d'applaudissements éclata. Mademoiselle Avery murmura quelque chose à l'oreille de Joey qui disparut, l'espace d'un éclair, avant de revenir avec Lorraine, encore à moitié costumée en fantôme. Elle se sentit tout d'abord confondue et légèrement mal à l'aise d'aller ainsi saluer le public avec les comédiens. Mais elle fut si chaudement applaudie qu'elle en oublia sa gêne et les bruissements de son survêtement de plastique.

Plus tard, en route vers la maison de Lucie, alors qu'Anguille cheminait avec Lorraine à son bras, il commenta :

— Excellent début, Lorraine. J'ignorais que tu étais comédienne.

— Tu veux rire. Je n'ai rien d'une actrice.

— Oui, mais ces gestes, Lorraine. C'était absolument fantastique! Ces mouvements désordonnés à souhait... Ces bonds étudiés... Aaaah! ai-je pensé, viendra-t-elle hanter ma cabine?

Lorraine éclata de rire.

— Je t'assure que je n'avais pas le coeur à effrayer qui que ce soit. J'étais moi-même à moitié morte de peur. Imagine-toi que, dans la noirceur, le fil à pêche de Yick s'est enroulé autour de mes chevilles au moment où j'ai buté dessus et que j'ai culbuté. Comme il faisait noir comme chez le loup, après que j'eus enfilé mon chandail par-dessus ma tête, je ne voyais strictement rien. Cette apparition forcée, dans un rôle improvisé à la dernière minute pour sauver le spectacle, m'a causé une tension tellement forte que je n'ai pas senti le fil à pêche. Mais lorsque je suis entrée en scène, il s'est resserré comme un noeud autour de mes chevilles. Impossible de m'en défaire. Ah! J'ai cru tomber face contre terre chaque fois que je bougeais.

Anguille riait à s'en tenir les côtes.

— Tu penses que c'est drôle, toi? fit Lorraine d'un ton de réprimande. J'aurais pu me casser la figure pour vous sauver la face!

Instantanément, le sourire d'Anguille se figea sur ses traits.

— Certainement pas. Je crois que le Conseil des étudiants devrait se réunir sur-le-champ et statuer sur la chose. Un règlement doit être passé de toute urgence pour interdire cela. Ha! Ha! Ha!

Puis retrouvant son sérieux, il reprit :

— Vas-tu replacer le fil et les poulies pour la représentation de demain?

— Hmmm! Non, je ne crois pas, dit-elle après un moment de réflexion. Louis serait déçu que le fantôme apparaisse tel que prévu. Mais je te jure que je vais balayer le plateau au complet avant la levée du rideau. Garanti!

Beaucoup plus tard, après qu'Anguille lui eut chaleureusement souhaité une bonne nuit, Lorraine s'assit à la table de la cuisine avec une feuille de papier blanc. Elle n'avait pas envie de dormir et se dit qu'elle devrait écrire à son père. Mais, songea-t-elle, la missive se rendrait-elle en Corse avant que son père n'en revienne? Probablement pas. Oh! Eh bien, elle la laisserait tout simplement au garage à son intention...

Tout en écoutant le silence de la nuit, elle réfléchit longuement aux événements qui avaient étayé tant les répétitions que la représentation de la pièce de théâtre elle-même. Comment pouvait-elle condenser tout cela dans une lettre? Elle opta finalement pour la concision : «Cher papa, écrivit-elle. Tout se passe merveilleusement bien ici. J'aimerais que tu sois avec moi. Reviens vite. Je t'aime. Lorraine.»

CHAPITRE 20

Quatre jours plus tard, toute la troupe se réunit chez Lucie pour célébrer le vif succès qu'avait remporté leur performance théâtrale.

Mais pendant que les autres dansaient, tout entassés, au son d'un stéréo qui crachait plus de décibels qu'un volcan ne crache de lave, Anguille et Lorraine avaient trouvé refuge sur les bancs de la balançoire de bois qu'on avait négligé de remiser.

— Tu n'as pas froid? s'enquit Anguille, en galant homme.

— Non, ça va, merci.

En ce premier jour de mars, l'air s'était légèrement adouci. Bientôt, ce serait le temps du sirop d'érable, de Pâques, des tulipes aux corolles éphémères, de la fonte des glaces et du retour des outardes.

Tel était, ce soir-là, le message des étoiles que

les deux jouvenceaux apercevaient à travers les branches encore nues de l'érable rouge, à côté duquel la balançoire oscillait. Au-dessus de leurs têtes, la lune croissante exhibait fièrement sa faucille argentée.

En silence, ils écoutèrent le chant qu'entament les sylphides printanières au détour de l'hiver. De temps à autre, des rires leur parvenaient, chaque fois qu'un couple quittait les lieux.

Puis, la calme sérénité de la nuit les enveloppait à nouveau. Ils avaient l'impression d'être hors du temps, dans une bulle de silence privilégiée.

Là-haut, dans le ciel, les lumières clignotantes d'un avion semblaient suivre une piste invisible. Doucement, Anguille pressa dans la sienne la main de Lorraine.

— Regarde! Une étoile filante, dit-il d'un ton mi-badin, mi-romantique. Faisons un voeu!

Elle lui lança un coup d'oeil, ouvrit la bouche pour parler, mais se ravisa. Comme le lui avait conseillé Anguille, elle fit un voeu, que, comme lui, elle garda enfoui dans le secret de son coeur; de nouveau, le silence devint maître de la nuit.

Finalement, la lune s'éclipsa derrière un nuage duveteux.

— Sortie de la lune, côté jardin, murmura rêveusement Lorraine.

Anguille, aussitôt, feignit l'inquiétude.

— Comment? Le rideau tombe-t-il déjà pour nous?

Le sourire de Lorraine rassura le jeune homme.

— Je ne crois pas, dit-elle à voix basse. Nous n'en sommes encore qu'au premier acte...

Il entrelaça les doigts de Lorraine entre les siens avant de répliquer :

— Premier acte? Aïe! Le rideau n'est pas encore levé!... Éclairagiste et fantôme... au clair de lune... oups! Pardon! Sous les étoiles!...

L'espace d'un scintillement, Sirius, l'étoile-guide de l'humanité, sembla devenir complice de leurs rêves.

FIN

NOTES SUR L'AUTEUR

William Pasnak est un auteur-pigiste qui demeure à Calgary en Alberta. Il a reçu le prix W. Ross Annett, de la Guilde des auteurs d'Alberta, pour son premier roman pour enfants, «In the City of the King», publié chez Groundwood, en 1984. Il publia une suite à ce roman, «Under the Eagle's Claw», en 1988. Il a également écrit un autre roman pour enfants, «Matthew's Summer», ainsi qu'un bouquin sur l'Alberta.

William Pasnak rédige aussi des articles pour des magazines et des scénarios pour émissions de télévision éducative.

Dans la même collection

. Joey Jeremiah

. Sortie côté jardin

. Lucie (à paraître)

. Stéphanie Kaye (à paraître)

. Mélanie (à paraître)

. Épine

. Jean

. Catherine (à paraître)

ACHEVÉ D'IMPRIMER
EN OCTOBRE 1990
SUR LES PRESSES DE
PAYETTE & SIMMS INC.
À SAINT-LAMBERT, P.Q.